# 사키야마 다미

崎山多美

# 사키야마 다미

崎山多美

사키야마 다미 지음

손지연 · 임다함 옮김

어문학사

사키야마 다미(崎山多美)

본 간행 사업은, 고려대학교 글로벌 일본연구원 〈일본 근현대 여성문학연구회〉가 2018년
일본만국박람회기념기금사업(日本万国博覧会記念基金事業)의 지원을 받아 기획한 것이다.

## 차례

**일러두기**

* 작품에 자주 등장하는 시마고토바는 처음에만 한국어로 작게 병기하고, 이후부터는 원문대로 표기하였으며, 그 외, 자주 등장하지는 않는 시마고토바도 가능한 모두 표기하도록 하였다. [예] 와라빈과아이, 이나구와라빈과여자아이, 동지들싱카누챠, 마음우무이, 세계시케, 향내우코우카쟈 등.

* 소설과 나카자토 이사오의 글 모두 역자 주는 각주로 처리했다.

# 배달물

저 목소리는 언제나 잠에서 깨어날 때나 외출하려는 나를 불러 세우듯 찾아온다. 소나기처럼 하늘의 갈라진 틈새로 갑자기 쏟아질 때도 있지만, 방안 벽이나 마루, 천정, 현관문, 급기야는 화장실이나 싱크대 근처에서 몇 십 년이고 몇 백 년이고 그곳에 쌓여 정체되어 있다 흘러나오는 것 같을 때도 있고, 때로는 먼 세계에서 누군가가 속삭이는 듯한 느낌으로 다가오기도 한다.

오늘 아침은 이런 기분으로 시작했다. 출근 준비를 하려던 참이었다.

~~워─워─, 그렇게 허둥대며 어딜 가려는 거야?

아아, 또 왔나봐, 하며 바로 고개가 움츠러들고 몸이 굳었다. 그런데 다음 순간 나는, 목소리가 느껴지는 천장 쪽을 향해 움츠렸던 고개를 한껏 폈다. 앗, 하며 당황해서 고개를 숙인다는 것이 그만 정수리를 들켜버렸다. 게다가 얼떨결에 나는 그 목소리에 대답해버리고 말았던 것이다.

"늘 하던 일인데 뭐, 허둥대는 건 시간이 없기 때문이고." 라고.

참고로 아까 워─워─, 했던 말을 번역하면 ~~이봐, 그렇게 허둥대며 어딜 가려는 거야? 라는 뜻이다.

몇 번이나 이 소리를 듣다보니, 나는 여기저기 이상한 일본어가 섞인 그 소리를 상당한 수준까지 알아들을 수 있게 되었다. 오늘 아침은 나도 모르게 대답을 해 버렸는데, 다음 말을 뿌리치고 열쇠를 들고 현관 문 앞에 섰다. 그러자,

~~무슨 일 해?

라고 물어온다. 현관 문고리를 잡은 채 방 안쪽을 둘러보았다. 지금 목소리는 그 주변에서 들려오는 것 같았다.

"저기 말이야, 내가 무슨 일을 하든 당신하고 상관없지 않아?"

라고 말하자,

~~꼭 가야 하나, 안 가면 안 돼?

"그럼, 가야지, 일이니까."

~~일이란 건, 안 하면 안 되는 거야?

"당연하지, 직업인데."

~~그렇구나······.

현관문을 열고 밖으로 나가지 못하고 주춤한다.

~~그렇담, 가야겠네.

명쾌한 대답이 돌아왔다. 오히려 마음이 흔들린다. 마음이 약해진 나는 이렇게 말한다.

"아, 그게, 실은 괜찮아. 내가 하는 일이란 게 말이야, 하루 정도 쉰다고 매상에 영향을 주거나 누군가에게 피해를 주는 일은 아니거든. 필요할 때 쉴 수 있는 게 내 직업의 장점이라면 장점이지."

~~그래? 그러면, 하루 쉬는 게 어때?

그 한마디에 나는 고개를 크게 끄덕이고 말았다. 얼른 신발을 벗고 현관을 등지고 벗어던진 파자마가 놓여 있는 침대 위로 벌러덩 드러누워 버렸다. 나도 모르는 사이에 다시 잠이 들었다. …………코, 코코코, 하고 리듬을 타는 듯한 소리를 들었다. 꿈속에서 들리는 소리는 아닌 것 같다. 인기척이 들린다. 자리에서 일어났다. 상대를 확인하지도 않고 조금 전에 열지 못했던 현관문을 단번에 열어젖혔다.

"안녕하세요─"

투명하고 톤이 높은 목소리가 문 건너편에서 날아들었다.

"안녕하세요─"

라고 대답을 한 건 나였다. 상대의 목소리처럼 가볍고 경쾌한 스스로의 목소리에 당황하면서 바라보니, 짧게 밀어 올려 새파래진 머리를 한 남자 하나가 우두커니 서 있다. 꽉 티슈를 4단 2열로 늘어놓은 것 같은 크기의 꾸러미를 양손에 들고서.

어느 틈에 밖에는 가랑비가 조용히 내리고 있었다. 아침 남풍이 비를 방으로 불러들인다. 빡빡머리 남자는 꾸러미를 비에 젖지 않게 다른 손에 바꿔 들고, 비어 있는 손으로 재빠르게 문을 열었다. 어려보이는 얼굴에 흰 피부, 어른인지 소년인지 판단하기 어려운 키가 작은 남자다.

"*** 씨, 맞나요?"

또렷한 애교 있는 눈이 정면으로 나를 올려다보고 있다.

"네, 그런데요……."

"배달 왔습니다."

빡빡머리는 양손으로 꾸러미를 내밀며 빙긋 웃어보였다. 천진한 미소. 너무도 싱그러워 움찔했다. 순간적으로 나는 양손을 뒤로 하며 뒷걸음친다. 그러자 상대는 꾸러미를 앞으로 내민다. 얼굴에서 웃음기가 사라졌다. 말없는 폭력이라도 당한 마냥 상처 받은 눈이 나를 응시하고 있다. 조금 전, 안녕하세요, 하고 인사하던 목소리보다 한 옥타브 낮게 빡빡머리는 말했다.

"안 받으시면 곤란합니다."

당황하여 물건을 받아들었다. 생각보다 무거워 순간 휘청 했다.

"저는 단지 배달을 하러 왔을 뿐입니다. 이 물건의 내용에 관해서는 아무런 책임도, 아무런 관련도 없습니다."

더욱 낮아진 목소리로 빡빡머리는 말했다. 무언가를 더 말하려는 듯 입술을 달싹였지만 정중하게 인사를 하고 재빠른 동작으로 문을 쾅 닫았다.

시퍼렇게 삭발한 남자의 잔상이 좀처럼 사라지지 않는다. 어떡하면 좋을까. 잘 보니, 꾸러미에는 내 이름도 보낸 사람 이름도 적혀 있지 않았다. 심부름을 한 남자는 의뢰인에게서 직접 물건을 받은 모양이다. 아니면 잘못 배달된 건 아닐까. 아니, 분명 남자는 내 이름을 확인하지 않았던가. 그렇다면, 이 물건은 내 앞으로 온 것이 틀림없다.

일단 열어 보기로 했다.

네 귀퉁이를 감싼 셀로판테이프를 뜯자 꾸러미는 쉽게 풀렸다. 안에는 파란색 표지에 싸인 파일이 층층이 들어있다. 4절지 하드커버 350페이지 정도의 두께를 한 몇 권인가. 꺼내어 본다. 표지에는 '기록z' '기록y' '기록x'……라고, 꼼꼼한 정자체 손 글씨가 검정 볼펜으로 쓰여 있다. 한 권을 꺼냈다. 세로쓰기의 각지고 작게 쓴 손글씨다. 꼼꼼한 느낌은 파일 표지에 기록된 "기록 z, y, x……"와 닮아있지만, 눈에 띄게 오른쪽으로 올려 쓰는 버릇이 있고, 힘 있는 글씨체여서 같은 사람이 쓴 것은 아닌 걸로 보인다. 대강 훑어보니, 한 페이지에 1,000자 정도가 채워져 있고, 4, 5페이지마다, 때에 따라서는 10, 15페이지마다 선명하게 날짜가 기록되어 있다. 일기 형식의 글, 뭘까—.

열어젖힌 파일을 바라보고 있자니 갑자기 시계視界가 회전했다. 뭐지? 하고 생각한 순간 나는 콰당 하고 넘어지면서 턱을 마루에 찧었다. 아파파파파파파. 눈앞이 빙글빙글빙글. 어둠속에서 누군가가 습격해 몸을 거꾸로 매단 것 같은 충격에 휩싸였다. 정신을 차려보니 거꾸로 엎어져 마루를 뒹굴고 있었다.

비 냄새를 머금은 바람이 불어왔다. 뒤를 돌아보니, 문이 열려 있었고, 현관 앞에 갈색 봉투가 놓여 있다. 안에서 살포시 떨어진 것은 한 장의 플로피 디스크.

# 해변에서 지라바를 춤추면

〈묘지에 서다〉.

'z'라고 기록된 파일 첫줄에 이렇게 쓰여 있다. 20**·**·24 라는 날짜가 적힌 페이지. ** 부분은 의도적으로 삭제한 걸까, 그 냥 때가 타서 지워진 걸까, 볼펜의 검은 잉크가 뭉개져 알아 볼 수 가 없다.

시의 발문처럼 의연한 이 단문은 내 마음속에서

묘지에 서라.

라고 명령하듯이 울려왔다. 그래서 나는 '서' 있어야 할 '묘지' 를 찾기로 했다.

보내온 파일은 어디의 누구인지도 모르는 이가 어떤 목적에선 가, 아니 목적 따윈 전혀 없이 피치 못할 충동에 이끌려 쓴 것임에 틀림없다. 그것을 우연히 읽어버리고는 안 읽은 척 하거나 무시하 는 건 무엇보다도 이 글에 대한 모독이자, 사람으로서 인의를 저버 리는 짓이다. 급기야는 이렇게 읽어 버리게 된 나 자신까지도 죽여 버리는 자멸행위라 여길 만큼 갑작스러운 강박관념에 사로잡혀버 렸다.

그럼, 줄을 바꿔 계속되는 그 다음 'z' 기록을 따라가 보자. 묘지는 내가 사는 이 마을의 '남쪽' 방면에 위치한다고 적혀 있다. 게다가 그곳은 이 섬 가장 남단에 위치한 해양을 향한 절벽 위에 무성하게 자라난 아단アダン[1] 숲을 가리고 있다. 우리 아파트에서 "남쪽을 향해" 계속해서 "헤매지 않고" 걸어가다 보면 "반드시 도달하는" 장소라고 적혀 있다. 그 기록에 왜 우리가 사는 마을과 아파트 이름이 나오는 건지 의문이 생겼지만, 묘지를 찾겠다는 결심이 서자 나는 의문 따위는 완전히 잊고 말았다. 아무튼 나는 묘지를 찾으러 '남쪽'으로 가기 위한 준비를 서둘렀다.

준비라고 해도 여행을 가는 게 아니니 내가 지금 손에 들고 있는 건 일하러 갈 때 항상 분신처럼 지니는 한 권의 메모장과 한 자루의 볼펜. 휴대전화와 있는 돈 없는 돈 남김없이 구겨 넣은 지갑. 그리고 그것들을 모두 때려 넣은 조금 큰 숄더백 뿐.

정오를 조금 지난 시각.

기록된 지시를 따라 남쪽을 향해 걷는다. 가랑비가 그친 하늘은 맑게 개어 있었고, 기분 좋은 남풍도 불어와 걷기에 아주 좋은 날씨였다. 우선 나는 도카이東海 해안을 따라 버스 도로를 통과해 아미지마阿爾ジマ를 목표로 삼아 국도 329호선으로 나가기로 했다.

아미지마라는 곳은 동쪽 해상에 떠 있는 작은 섬이다. 섬 중앙

---

1 판다나과 나무로 동남아시아 지역에 분포. 열매는 파인애플, 잎은 야자나무처럼 생김.

부에 솟아난 산호초 산을 머리에 얹은 섬의 형태는, 꼬질꼬질한 에보시鳥帽子[2]를 눌러쓴 비쩍 마른 사무라이가 가부좌를 틀고 앉아 있는 모습을 연상시킨다. 도카이 해안 쪽 어디에서나 눈에 잘 띈다. 그래서 아미지마의 뾰족 솟은 정상을 목표로 하면 도중에 이상한 방향으로 흘러가거나 헤맬 염려가 없다. 남쪽 벼랑 위에 자리한다는 그곳, '묘지'에 도달할 것이다. 그런 단순한 생각으로 행동을 개시한 것이었다.

굳이 고백하자면, 나는 평균 이상의 방향치다. 차는 물론이고 운전면허조차 갖고 있지 않다. 내가 사는 마을은 때로는 중앙에서 보자면 '변경'이라고 불리기도 하는 정치적으로 완전히 동떨어진 작은 섬이다. 철도 노선은 고사하고, 유일한 교통수단인 버스를 타려고 해도 행선지가 남쪽이라는 것만으로는 구체적으로 어디로 가는 어떤 노선을 타야 할지 전혀 짐작도 가지 않는다. 자칫하다 신변이 위험해지는 쓰라린 경험을 하게 될지 모른다. 그렇다고 택시를 타는 것은 분수에 맞지 않다. 이런저런 사정으로 나는 묘지를 찾기 위해 남쪽으로 걸어가는 방법을 택했다.

복잡하게 달리는 자동차 소음도 평소와 달리 신경 쓰이지 않는다. 인적이 드물어 밝은 대낮임에도 불구하고 주위는 그림자처럼 조용하다. 물건을 쑤셔 넣은 숄더백을 어깨에 둘러메고 터벅터벅

---

2 일본 헤이안(平安)시대부터 근대에 이르기까지 성인 남성이 전통예복을 입을 때 쓰는 모자.

걷고 있자니 온몸이 땀으로 젖었다. 아파트를 나와 15분정도 걸어가면 M마을 구역에 들어선다. 그 마을 동쪽으로 가키사키我鬼崎라는 곳이 해양을 향해 솟아있는데, 그 바로 앞에 펼쳐진 사탕수수밭을 지나 바다로 향하면 방파제가 나타날 것이다. 거기서 조금 휴식을 취하기로 한다. 주변 지형은 어렴풋하게나마 조금은 기억하고 있다. 기억하고 있다고는 해도 실제로 이 근처에 와 본 것은 초등학교 소풍 때였던 것 같다.

대략 30년 전 기억을 더듬어 터벅터벅 나는 걸음을 재촉한다. 기억 속에서 사탕수수 밭이 펼쳐졌던 장소는 고급 단독주택과 맨션, 대형 슈퍼와 패스트푸드점이 눈에 띄는 신흥주택가로 변해 있었다. 예전의 마을 풍경은 지방의 미니 도심 같았고, 바다는 건물 사이로 보일 뿐. 사이사이로 보이는 바다 풍경과 짠 내에 의지하여 목표로 한 해안가에 도착했다.

둘러보니 거친 시멘트로 만든 방파제는 금이 심하게 가 있었다. 낙서와 이끼와 곰팡이로 더럽혀져 있어 방파제라기보다 끝없이 길게 늘어진 거대한 바다뱀이 등을 구부리고 바다와 육지 사이에 드러누워 있는 것 같은 느낌이었다. 초등학생 때는 방파제를 올려다보았던 것 같은데 이제는 내 이마 정도 높이다. 두리번거리고 있자니 방파제 너머에서 움직이는 기척이 느껴졌다. 까치발을 하고 제방에 난 금 사이로 들여다보았다.

해면에 반사되는 태양이 눈부시다. 멀리까지 얇은 여울이 펼쳐져 있다. 말라버린 암초 위에 몇몇 봉 모양의 그림자가 움직이고 있는 것이 보인다. 그림자가 불꽃처럼 흔들리고, 해변에 내려앉은 우주로부터의 귀환자가 불안정한 발판 위에서 휘청거리는 것처럼 몽실몽실한 윤곽이 애매하게 흔들리고 있다. 계속 바라보고 있자니 그것은 사람 그림자였다. 흔들리는 사람의 그림자를 세어보았다. 하나, 둘……여섯이다.

기묘한 광경이다.

여섯 개의 사람 그림자는 얕은 여울에 솟은 봉 모양의 작은 바위 주위에 서 있거나 앉아 있거나, 손발을 올렸다 내렸다 하는 움직임을 반복하고 있다. 머리와 허리를 흔들고, 꼬고, 흔들고……넘실대는 듯한 움직임. 때때로 물보라가 퐁퐁 튄다. 작은 바위를 둘러싸고 그 주변을 돌며 바위에 바닷물을 끼얹는 것 같다. 왠지 마음을 빼앗겨 눈을 떼지 못하고 있으려니 그 움직임에서 일정한 리듬이 전달되어 왔다. 바다 저편에서 큰 파도를 불러들이는 듯한, 파도를 타고 수영하는 몸짓을 연기하는 듯한, 느긋하고 유유자적한 리듬으로 때때로 거세게 몸 전체가 흔들릴 만큼 움직인다. 보고 있는 이쪽 마음도 출렁출렁 흔들리기 시작한다.

"뭐하는 거예요?"

출렁출렁 마음이 흔들리는 대로 스스로도 깜짝 놀랄 만큼 큰 목소리로 물어보았다. 그러자 일제히 그들의 움직임이 멈췄다. 나를 돌아본다. 제일 앞쪽에 있는 한 명과 눈이 마주쳤다. 그러자 한 명이 이쪽으로 걸어온다. 철퍽철퍽 물을 튀는 소리와 함께 걸어온다. 남자 같다. 나는 힘껏 까치발을 하고 금이 간 방파제 틈 사이로 몸을 갖다 대었다. 가까이 다가온 남자가 목을 쭈욱 늘여 속삭이듯 말했다.

"당신도 같이 해볼래?"

쉰 목소리다. 노인네 같은 말투다. 겉모습은 풍채도 좋고 검게 그을린 얼굴에 짙은 눈과 눈썹을 한 전형적인 섬 청년 같은데 말이다. 청바지에 줄무늬 감색 가리유시かりゆし[3] 셔츠가 잘 어울린다. 청년이 노인을 연기하고 있는 듯한, 그 반대인 듯한, 어중간한게 뭔가 뒤죽박죽된 느낌이다.

"함께 하자니, 저것, 을, 말인가요?"

"맞아."

"뭔가요? 저것은?"

"해 보면 알게 돼."

"아니요, 됐어요."

"아니, 됐다고 할 것이 아니라, 이건 말이야."

"아뇨, 아뇨, 제가 가봐야 할 곳이 있어서요."

"잠시 들렀다 가도, 괜찮지 않아?"

"아니, 아뇨아뇨, 이런 데서 시간을 허비하면 안 돼요, 저는."

급한 용무라도 있듯 말했다.

"그렇게 차갑게 말하지 말아 줘, 내친 김에 라는 말도 있잖아. 어때, 조금만, 해 보는 건데."

---

3 오키나와 등지에서 주로 여름에 입는 일본 내셔널브랜드 셔츠.

남자의 말투는 어쩐지 집요하다.

"아뇨, 아뇨, 저하고는 상관없는 일이에요."

내 쪽에서도 강한 어투로 거절했다.

"상관없는 건, 아니야."

남자는 도무지 물러설 기색이 없다.

"무슨 상관이 있다는 거죠?"

"이봐, 당신이 좀 전에 우리를 큰 소리로 부르지 않았나?"

"부른 게 아니라, 뭐하는 거예요, 하고 물었던 것뿐인데요."

"같은 말이지, 물은 거나, 부른 거나."

"물은 거나, 부른 거나, 뭐가 다르다는 거죠?"

"이봐, 이것 보라구, 이렇게 당신과 내가 이야기를 나누고 있지, 이 분명한 사실이, 나와 당신이 관계가 있다는 명백한 증거가 아니겠어? 인연, 이라는 말, 당신 몰라? 옷깃만 스쳐도 인연이라는 말도 있잖아."

남자는 조금 집요하게 말하기 시작한다. 어떻게든 빨리 담판을 지어야 할 것 같다.

"아니요, 아뇨, 아뇨, 아뇨, 무슨 말을 해도 나와는 관계가 없어요. 게다가 당신들이 하고 있는, 저건, 내가 잘 모르는 것이기도 하고."

"그리 어렵게 생각할 필요 없어, 정말, 그냥 조금만 하면 돼."

남자는 간단히 물러설 것 같지 않다. 그런데 금방이라도 제방으로 기어 올라와 나를 끌고 갈 태세다. 이마를 꼭 붙이고 말하는 검게 그을린 섬 남자의 얼굴이 불과 몇 십 센티 앞으로 가깝게 다가와 있다.

"뭐라고 해야 하나, 실은 모두가, 당신이 오기를 쭉 기다리고 있었어."

뭐하는 작자란 말인가. 나를 기다리고 있었다니, 새빨간 거짓말을 천연덕스럽게 말한다. 귀찮아져서 나는 한껏 내밀었던 목을 제자리로 돌렸다. 까치발도 내렸다.

"어이, *** 씨."

흠칫 멈춰 섰다. 이건 잘못 들은 거겠지. 이런 데서 알지도 못하는 남자에게 이름이 불리다니. 남자의 모습은 무너진 방파제 너머. 목소리만 전달되어 온다.

"괜한 저항은 하지 않는 편이 좋아, 당신은 말이야, 이제, 여기서, 도망칠 수 없어." 다시금 무너진 방파제 사이로 얼굴을 엿보았다. 그러자 거기에는, 남은 다섯 명의 사람 그림자가 한 줄로 나란히 늘어서서, 이리 오렴, 이리 오렴, 하는 동작을 하고 있다. 몇 번이고 손목이 마치 웃기라도 하듯, 흔들흔들, 흔들렸다. 틀림없이 나를 향해.

"뭐, 뭔가요, 다, 당신들."

흔들흔들 흔들거리는 움직임이 한층 커진다.

"어째서, 그렇게, 저를 향해 이리 오라는 손짓을 하는 건가요."

"여기 오면, 알게 될 거야 —" 쨍하는 여자 목소리가 돌아온다.

"어째서, 거기에 가야만 알게 되는 건가요."

"오면 알게 될 거라고, 말하고 있잖아ㅡ" 이건 남자 목소리.

"거기에 가면, 정말로, 알게 되나요ㅡ"

여섯 개의 그림자가 끄덕인다. 응, 응응…… 끄덕이면서, 알게 돼, 알게 돼, 하고 일제히 목소리를 높여서, 알ㅡ게 될 거야ㅡ, 아 알ㅡ게 될 거야아ㅡ, 하는 소리가 하모니를 이룬다.

"그럼, 지금, 제가, 그 쪽으로 갈게요ㅡ"

앗, 아야야야얏. 목을 움츠리면서도 나는 내가 내뱉은 말에 저항할 수 없게 되었다. 알게 될 거야ㅡ, 하는 합창소리에 뒤섞인다. 위태로워 보이는 무너져 내린 방파제를 발견하고, 등 뒤 도로변에 버려진 대형쓰레기를 뒤져서 꺼낸 목제 상자를 발판 삼아 둑에 올라섰다. 눈앞에서, 섬 청년이 또 다른 호리호리하고 흰 피부의 청년을 목마 태운 채 나를 유도하고 있다.

"자, 타, 타라구."

나는 청바지에 즈크ズック[4]를 신은 발을 있는 힘껏 뻗어, 사뿐히 남자의 어깨에 올라탔다. 휘청하고 한 번 흔들린다. 당황해서 남자의 머리에 달라붙자, 두 남자는 자바라じゃばら[5]처럼 구부려 인간의 자가 되어 주었다. 쑤욱쑤욱 시선이 아래로 내려간다.

암초 위에 선다.

멀리까지 썰물이 빠진 바다가 펼쳐졌다. 왼편에는 바다에 잡아

---

4 마포(麻布)로 만든 운동화.
5 카메라나 아코디언의 주름상자.

먹힌 반도의 끝, 오른 편에는 아미지마의 뾰족한 머리가 또렷이 떠 있다. 그 풍경 속에, 곳곳에 해삼이나 조개나 성게가 들러붙어 우둘투둘한 암초 위를, 두 사람을 따라 첨벙첨벙 걷는다. 바위가 있는 장소에 도착한다.

남은 네 명이 그곳에서 봉 모양의 바위를 둘러싸듯 진을 치고 있었다. 말라깽이, 뚱뚱보, 꼬마, 키다리, 덜렁대는 듯한 느낌이 드는 사람들이다. 네 명 모두 눈가의 감정이 선명해서 상냥해 보였지만, 눈빛에는 날카로움이 떠돌았다. 네 명 모두 여자인 듯하다. 섬 청년과 호리호리한 남자는 둘 다 청바지에 셔츠를 걸친 평상복 차림인데, 여자들은 검은 타이츠 위로 상반신에서 무릎까지 내려오는 긴 한텐半纏[6] 비슷한 것을 걸치고 있다. 마쓰리에서 북 치는 사람이 입는 의상과 닮았다. 나이는 잘 가늠이 안 된다. 어머니와 딸처럼 보이기도 하고, 별로 안 닮은 자매처럼 보이기도 하고, 그저 아는 사이인 것처럼 보이기도 하지만, 스스럼없는 친밀한 관계라는 분위기를 풍긴다. 네 명이 모두 함께, 사사삭 내게 다가온다.

"자, 그 짐은, 이렇게 하자."

속삭이는 듯한 목소리의 왜소한 여자가, 홱 하고 나에게서 숄더백을 낚아챘다. 당황해서 가방을 되찾으려 하자, 여자는 재빠른 동작으로 가방을 조그만 바위의 뾰족한 부분에 걸었다. 나를 돌아

---

6 하오리(羽織)와 비슷하지만 이어대는 천도 없고 옷깃을 접어 넣지도 않으며 가슴 띠도 없는 짧은 겉옷.

보더니 방긋 홀리듯 웃었다.

"이런 걸 들고 있으면, 동작이 잘 안 되지 않겠어?"

라고 말한 것은, 키다리 여자. 쨍쨍한 목소리를 내는 여자다.

"여기서, 나는, 뭘 하면 되나요?"

"그래, 좋은 질문이야."

곱슬머리를 바람에 날리며, 뚱뚱하고 덜렁대는 느낌의 여자가
말했다.

"이렇게, 우리들처럼, 손동작 발동작을 하면 돼, 간단하니까,
금방 할 수 있을 거야, 하이하이ハイハイ, 시작하자, 시작하자."

말하면서도, 바스락바스락 머리칼을 출렁이며 손동작 발동작
을 해낸다.

"당신, 시간이 없잖아, 그러면 템포를 빨리 하자, 하이하이하이
하이……."

곱슬머리 여자가 장단을 맞추자, 남은 다섯 명이 그 뒤를 잇는
다. 하이하이하이, 하는 소리가 빠른 산신샤미센 리듬을 타고, 하에
하에하에하에はへはへはへ……로 바뀐다. 방파제에서 봤을 때
의 그 동작이 빠른 템포가 되었다. 이끄는 사람이 딱히 있는 것 같
진 않다. 네 명과 두 명의 남녀가 각자 손동작 발동작을 하기 시작
한 것뿐. 바위를 향해 손을 올리고 내리고, 좌우로 흔들고, 허리를
흔들고, 구부리고, 구부리고는 뻗어 올리고, 머리를 흔들흔들, 어
깨를 흔들흔들, 발을 폴짝폴짝…….

이 지역에는 예로부터 '가챠시ヵチャーシー'라고 하는, 집회나

축하연에서 자리를 마무리할 때 히야히야 히야삿사ヒャヒャ, ヒャサッサ 하는 추임새를 넣어 추는 춤이 있긴 하지만 그것과 이것은 달랐다. 굳이 비교하자면 훌라와 트위스트와 탭에 아와오도리阿波踊り[7]를 뒤섞어 놓은 듯한 엉망진창인 동작이다. 일렁거리는 느낌은 있지만, 흔들거리는 파도의 리듬이 기본적으로 흐르고 있다. 하이하이하이, 하에하에하에의 추임새에 맞춰 여섯 그림자가, 흔들, 흔들흔들, 일렁, 일렁일렁, 하며 계속 흔들리고 있는 사이, 쫘아악, 쫘아악 하고 바닷물을 조그만 바위에 흩뿌리는 동작이 들어간다. 쫘아악 하고 물이 흩날릴 때마다 바위에 걸린 내 가방이 젖어버리지 않을까 걱정됐지만, 모두 가방의 위치를 잘 피해서 물 뿌릴 장소를 고르는 듯했다.

이런 본 적도 들은 적도 없는 동작을 내가 갑자기 할 수 있게 될 리가 없다고 생각한 순간. 하이하이하이, 하는 추임새에 맞춰, 하에하에하에, 라며 눈어림으로 손을 올리고 발을 구르며, 허리를 흔들거나 뛰어오르다 보니 어찌어찌 리듬을 타면서 어느 샌가 나는 그들의 원 안에 있다. 흔들, 흔들흔들, 일렁, 일렁일렁일렁……

"그렇지 그렇지 그렇지, 그런 느낌, 그런 느낌."

부끄러운 듯 등을 구부리고 있던 말라깽이 단발머리 여자가 말

---

7 도쿠시마 현(德島県)에서 유래한 것으로, 피리 등의 악기와 노래에 맞추어 남녀집단이 몇 조로 나눠 거리를 누비며 추는 춤인데, 리듬 있는 선창으로 손발을 엇바꾸어가며 힘차게 앞으로 내밀며 나아가는 비교적 단순한 동작의 반복으로 남녀노소 모두가 즐기는 민속춤.

을 걸어온다.

"잘 하네, 잘 하네, 느낌 좋아, 느낌 좋아."

투명한 목소리를 내는 것은 왜소한 여자.

"그렇지 그렇지 그렇지, 하에하에하에, 하이하이, 하이하잇……."

키다리의 쨍쨍한 목소리가 정면에서 울려온다. 전후좌우에서 나의 장단을 맞춰주는 격려의 목소리에, 드디어 나는, 하에하에하에, 그렇지 그렇지 그렇지, 하는 리듬을 탄다. 흔들흔들흔들, 일렁일렁일렁……. 바람에 몸을 맡기며 파도가 된 것처럼.

"의외로 재미있네요, 이거." 리듬을 타며, 나는 말한다.

"맞아, 맞아, 그러니까 말했잖아, 당신은 더 이상 도망칠 수 없다고." 라고 말한 건, 섬 청년.

응응, 하고 나는 끄덕이고, 허리를 흔들며 묻는다.

"이거, 뭐라고 하나요."

"지라바, 라고 해."

"지라바, 라구요? 무슨 의식의 여흥 같은 건가요?"

"…………"

"나 같은 외지인이 해도 되는 건가요?"

"…………"

"아, 여흥인가 하는, 그런, 가벼운 것은 아닌 거지요, 여러분에게는, 무언가 공동체의 존속이 걸린 듯한, 무거운 의미를 가지는, 무척 소중한……"

"정식 이름은 '지라바부두리ジラバブドゥリ', 라고 해."

"부두리, 아, 오도리, 라는 건가요."

"그래, 거 봐, 춤추고 있잖아, 나도 당신도."

"정말, 이거, 춤이 되었네요, 체조나 운동같이, 무리하게 근육을 쓰는 게 아니라, 몸의 움직임도, 자연스럽게, 리듬에, 맞추어, 이 렇, 게, 흘러, 가는, 듯이, 이어지, 고, 있어요……조, 금, 잡스, 러운, 느낌, 은, 있지만, 요……일단은, 춤, 춤이, 네요, 이거……"

숨을 헐떡이며 말을 이어간다.

"일단, 은, 이라니, 쓸데없기는, 당신 말이야."

키다리의 쨍쨍한 목소리가, 긴 목을 돌리면서 나의 아는 척에 쐐기를 박는다.

"지라바는 말이야, 어디 사는 누가 하든지, 제대로 된 춤이 되는 거야."

양손을 들어올리며, 마른 단발머리가 말한다.

"그렇게 곧바로, 뭐든지 논리로 접근하니까, 알 것도 모르게 되잖아, 당신은."

부시시한 머리가 목소리를 높이며 쓴 소리를 한다.

"머리로만 생각하면 안 돼, 안 돼, 그냥 춤추면 돼."

말하면서도 무심코 웃음을 터뜨릴 정도로 요란하게 허리를 흔들고 있는 것은 홀쭉한 남자였다. 이런저런 이야기들을 흘려 넘기며, 다시 한 번 단도직입적으로 묻는다.

"그런데, 지라바의 유래는, 뭔가요?"

그 순간, 분위기가 얼어붙었다. 나의 양옆에서 허리를 흔들고 있던 섬 청년과 홀쭉한 남자가, 슬쩍 다른 쪽을 보았다. 그래도 나는 입 밖으로 낸 질문을 철회할 생각이 없었다.

"누군가, 알려 주세요, 지라바가 뭔가요?"

정면에서 춤추고 있던 여자들을 향해, 나는 목소리를 높였다. 그녀들에게 지지 않으려고, 크게 양 손목을 흔들고 어깨와 무릎을 흔들며. 조금 간격을 두고 그녀들의 목소리가, 하에하에하엣, 하는 추임새에 실려 들려왔다.

"지라바가, 무엇인지는, 춤추는 사람들이 마음으로, 깨달아야 하는 거야."

"그런, 옛날부터, 전해 내려오는, 것이라는."

"그래그래, 이렇게 직접 춤 춰보지 않으면, 모른다는 거지."

"그러니까, 춤을 춰보지 않은 자는, 절대로 알 수 없는 비밀이, 지라바에는, 있다, 는 얘기야."

부시시한 머리, 키다리, 왜소한 여자, 단발머리의 순서로 쌓여가듯 노래하듯 말한다.

"그런데, 앞으로, 어떻게 되는 건가요, 이 지라바부두리는."

"쓸데없는 생각 안 해도, 돼." 키다리의 쨍쨍한 목소리가 귀에 꽂힌다.

"춤추기만 하면, 그걸로, 돼." 부시시한 머리가 내지르는 소리.

그러자 또 일제히 합창이 시작된다. 괜찮아, 괜―찮아―, 괜―찮―아―, 하고, 발성연습이라도 하듯이, 하늘을 향해 커다랗게 열린 입에서 동시에 목소리가 터져 나온다. 당장이라도 하늘을 먹어치워 버릴 듯한 박력이다. 흔들, 흔들흔들……의 사이에 추임새처럼 들어가는, 괜찮ㅡ아ㅡ, 가 바다 한복판을 흔든다. 그것이, 갑자기 멈추었다. 흔들, 흔들흔들, 하는 움직임도 멈춘다. 수면이 갑자기 잔잔해진다. 스스슥, 모두 조그만 바위의 주변에 웅크린다. 모두 숨을 헐떡이는 기색도 없이 조용하게 암초 위에 무릎을 꿇고 있다. 양손을 이마에 붙이고 무언가를 중얼거리기 시작한다. 후쓰ㄱㅠ, 후쓰후쓰후쓰, 하고 들린다. 기도의 말인 듯하다. 무엇에 대해 기도하는 것인지는 알아듣지 못했다.

후쓰후쓰후쓰……하는 목소리가 물에 흘러간다.

기도 소리가 해수면을 조용히 건너 물에 녹아든다. 말을 내뱉으면서도 여섯 명의 남녀는 고개를 숙였다. 천천히 등을 깊숙이 구부리는 동작으로 변한다. 몸이 유연한 사람들이다. 지라바부두리의 효과인가. 요가라도 하는 듯한 유연함으로, 머리와 등 절반이 다리 사이로 들어갈 때까지 구부러진다. 머잖아 그 모습은 암초에 난 혹처럼 보이기 시작한다. 뚱뚱보도 말라깽이도 키다리도 왜소한 이도, 점점, 점점 둥글어진다. 여섯 명의 사람이 바위의 혹으로 변해가는 분위기 속에서 나는 눈을 감고, 손을 모은다. 그러면서도 무심코 떠올리고 만다. 어째서 바위에 절을 하는가 하고. 그러나 이번에는 곧바로 잊었다. 지라바의 의미를 묻는 것도. 지금 그곳에 존재하는 것들 앞에 손을 모을 것. 그렇게 하는 것만이, 이곳에 있는 나를 나 자신으로 만드는 유일무이한 행위다. 후쓰후쓰후쓰에 귀를 빼앗기면서도 나는 그런 것들을 생각한다.

그 사이에 목소리는 들리지 않게 되었다. 해명海鳴이 호궁의 울림처럼 웅웅댔다. 지라바부두리라 칭한 일련의 의식은 이미 끝난 것인가. 모습을 살피려 얼굴을 들었다.

모두 일어나 있다. 바다뱀 같이 머리를 꼿꼿이 쳐들고 먼 바다에 있는 무언가를 찾는 모습이다. 찾는다기보다는, 멀리에서 찾아오는 것의 기척을 살피듯이. 나도 그 쪽으로 눈을 돌리지만, 특별한 것은 확인할 수 없었다. 그곳에 보이는 것은 가키자키의 그림자와 구름 한 조각 없는 하늘이 펼쳐져 있을 뿐. 머리 하나는 더 큰 키다리 여자가 먼 바다 쪽으로 몸을 쑥 내밀었다. 달려 나간다. 그것에 반응한 세 명의 여자가 그 뒤를 따른다. 첨벙, 첨벙첨벙, 바닷물이 튀어 오르고, 여자들이 깊은 바다에 몸을 던지듯이 달려간다. 멈추어 섰다.

"오는 것, 같다." 부시시한 머리의 긴박한 목소리가 높아졌다.

"오는 건가, 역시." 여자들의 움직임에 남겨진 두 남자가 동시에 반응한다.

"온다, 얼마 남지 않았다, 우와―" 키다리의 쨍쨍한 목소리가 울려 퍼진다.

"온다, 온다, 온다온다……."

말라깽이도 왜소한 여자 어깨에 달라붙는다. 주위가 어수선해졌다. 온다, 온다온다, 하고 말하며 모두가 하늘을 우러러보며 양손을 올려, 온다온다아아아……하며 돌기 시작한다. 지라바부두리가 끝난 게 아니었던 모양이다. 하에하에하에, 의 리듬을 3배속 정도 높인 회전 부두리가 시작되었다. 부두리라기보다는 바다 위의 스핀이다. 여섯 명의 남녀가 암초 위를 날뛰듯이 빙글빙글 춤추고, 차오르는 파도가 철썩, 철썩철썩철썩, 하고 하늘로. 각자가 제멋대로 회전하면서 내 위치에서 멀어지더니, 여러 방향으로 흩어지며 물거품이 자아내는 선향線香 불꽃이 바다 위에 그려진다. 회전 부두리는 점점 제멋대로인 느낌이 되어, 보고 있는 나도 마음이 술렁술렁 소란스러워진다. 팔다리가 움찔움찔 꿈틀댔지만, 아무리 그래도 저 빠르기와 제멋대로의 움직임에는 따라갈 수가 없었다.

그나저나, 대체 무엇이 온다는 걸까.

그들의 권유에 따라 이렇게 지라바의 흥에 빠져버린 이상, 나는 그것을 확인할 필요가 있다고 생각했다. 먼 바다 쪽을 보았다. 그러나 그곳에는 역시, 아미지마를 사이에 두고 멀리 혹은 가까이에 떠 있는 크고 작은 두 개의 섬 그림자와, 아무것도 없는 하늘 뿐.

"어ー이, 당ー신ー" 부시시한 머리의 찢어지는 듯한 외침소리.

이어서.

"도망가ー, 도망가ー" 섬 청년의 긴박한 목소리가.

"빨리ー"

"도망가ー, 도망가ー"

"도망가라니까, 빨리ー"

홀쭉한 남자, 키다리, 말라깽이와 왜소한 여자도, 있는 힘껏 소리 지르며, 저리 가라며 손을 흔드는 동시에 이쪽으로 달려온다. 눈을 크게 치켜세우며, 여섯 명이 놀란 눈이 되어 달려온다. 나는 웃음을 터뜨릴 뻔했지만 참는다. 정말, 바보 같은 소리를 하는 사람들이다. 바다는 이렇게 잠잠하고 하늘도 더할 나위 없을 정도로 산뜻한데. 그럼에도 선두에 선 남자 두 명은, 높은 파도 같은 기세로 달려온다. 나를 향해 양 손을 크게 좌우로 휘두르면서, 도망가─, 도망가─, 하고 끊임없이 외치고 있다. 등 뒤의 여자들도, 가, 가, 하고 지라바 비슷한 움직임으로 양 손을 앞뒤로 내밀고, 빼고, 흔들흔들흔들······.

과연 이 광경은 나와 관련이 있는 걸까 없는 걸까. 내가 멍하니 있는 새 두 남자가 내 앞에 웅크리고서 2단짜리 목마를 만든다. 방파제에서 암초 위로 내려주었을 때의 그 모습이다. 어서 타 어서 타, 하고 말한다. 시키는 대로 나는 섬 청년의 어깨에 기어 올라가, 홀쭉한 남자의 어깨를 타고 올라 머리에 달라붙는다. 바닷물에 젖은 나의 즈크가 그들의 상의를 더럽힐까 마음에 걸렸지만, 그런 건 안중에도 없는 두 사람은 빨리, 빨리, 하며 재촉한다. 인간 자바라는, 흔들 하고 한 번 울렁인 후, 구구구 하고 나를 방파제 숲까지 옮겨다 주었다. 숲에 다리를 내려놓으려 할 때,

"어─이, 당─신, 놔두고 간 물건이요─"

키다리 여자가 외치면서 달려온다. 무서운 속도다. 단거리 달리기 기록 보유자로 생각될 만한 엄청난 스피드로, 키다리 여자는 암초를 달려온다. 나의 숄더백을 빙글 빙그르르 돌리면서. 방파제

에 올라 깜빡 두고 온 물건을 받았다. 반사적으로 가방 주머니에서 휴대전화를 꺼낸다. 카메라를 작동시켜 그들에게 향한다.

"바보, 그런 걸로, 우리 찍지 마."

섬 청년이 화를 낸다. 그래도 어떤 절박한 감정에 사로잡혀, 바로 앞에 있는 세 사람과 조그만 바위 주변에 서 있는 세 여자를 몇 장인가 찍는다.

"바보 바보, 쓸데없는 짓, 하지 마 하지 마!"

"시간이 없다고 했잖아!"

"빨리 가, 가라고—"

"도망쳐— 도망쳐—"

"도망치라니까, 어서—"

"서두르라니까, 어서, 어서—"

영문도 모른 채 나는 응응 하고 끄덕이고는, 서둘러 휴대전화를 집어넣은 가방을 품에 껴안고 뒤돌아선다. 그리고 눈을 꾹 감고 방파제에서 뛰어내렸다. 순간, 화가 난 듯한 웅성거림이 등 뒤를 때린다. 질풍노도 속에서, 날카로운 사람 비명이.

무심코 뒤를 돌아본다. 방파제가 덮치듯 나의 머리 높이로 솟구쳐 올랐다. 일어섰다. 그래도 방파제 숲은 내 키의 예닐곱 배는 되어 보이는 높은 위치였다. 내가 소인小人처럼 줄어들어 버린 게 아닌가 할 정도로. 높디높은 벽이, 지금 바다 위에서 일어난 이변으로부터 나를 보호하고 있는 것 같았다. 질풍노도와 외침이, 도망 쳐—, 도망쳐—, 하는 목소리와 함께, 돌아보지 마—, 돌아보지 말라구, 라는 수압에 저항하며 토해내는 듯한 목소리가 와 닿는다. 숄더백을 질질 끌며 나는 달려 나간다. 바닷소리에 등을 떠밀리며, 달린다. 돌아보지 않고, 달린다. 해안가 끝자락을 빠져나와 버스길을 향해 젖 먹던 힘까지 짜낸다.

배기가스 냄새가 덮쳐와 멈춰 섰다. 눈앞에는 여느 때와 같은 거리가 펼쳐져 있고, 나도 평소 키의 나로 돌아왔다.

터벅터벅 나는 걷는다. 해는 아직 높이 걸려있다. 제법 뜨거워진 햇살을 받으며 걷고 있다. 버스 도로로 나오기 바로 직전의 좁은 길에 멈춰 섰다. 완만하게 경사진 골목의 막다른 길에서, 누군가의 집 정원에 진한 그림자를 늘어뜨린 커다란 가주마루 나무를 발견한다. 대문도 없이 열려 있는, 일면식도 없는 사람의 집안으로 들어간다. 정원에 커다란 가지를 내리뻗고 있는 가주마루 나무뿌리의 움푹 팬 부분에 걸터앉는다. 땀도 식힐 겸 나는, 소금물과 진흙으로 더럽혀진 숄더백에서 메모장과 볼펜을 꺼낸다. 그리고 암초 위에서 있었던 일을 적어내려가기 시작한다.

# 가주마루 나무 아래에서

<br>

해안가에서 매립지를 지나 버스가 다니는 길로 나오자 바로 앞 길가에 도로까지 가지를 늘어뜨려 뜨거운 햇빛을 막아주는 낡은 집이 있었다.

무방비로 열려 있는 마당으로 들어가, 나는 가주마루[8] 뿌리 근방에서 쓱싹쓱싹 볼펜을 굴리고 있다. 두꺼운 대학 노트에 머리를 박고 희미한 바다냄새를 머금은 바람에 볼을 간지럽히면서. 긴 단발머리를 하나로 대충 묶어 넘긴 뒷목으로 훅 하고 숨을 불어 넣는 듯한 목소리가 들려왔다.

뭐 해?

낮게 속삭이는 듯한, 그런데 왠지 모르게 위압감이 느껴지는 목소리였다. 뒤를 돌아보니 희고 마른 나이든 여자의 얼굴이 나를 바라보고 있다. 양손을 뒤로 하고 앞으로 몸을 쭉 빼고서. 눈이 마주친 순간, 아까부터 계속해서 내 얼굴을 들여다보고 있던 것 같기도 하고, 지금 막 햇빛 사이에서 훅하고 나타난 그런 느낌도 드는,

---

8 열대·아열대 지대에 분포하는 뽕나무과 상록 교목 용수(榕樹)나무를 일컫는 오키나와어.

갑작스러운 사람의 모습이었다. 남의 집에 허락도 없이 들어왔다는 생각에 미쳤다. 당황해서 일어서니 상대는 머리를 쑥 내밀고, 꼼짝 않고 눈도 깜빡이지 않은 채 가만히 나를 올려다보고 있다. 보는 이로 하여금 움찔하게 하는 예리한 눈동자다.

"아, 죄송합니다. 바로 나갈게요."

나는 볼펜 뚜껑을 닫고 노트를 덮었다. 엉덩이와 바짓단을 훌훌 털어내고 가주마루 뿌리의 움푹 팬 자리에서 햇볕이 드는 쪽으로 나왔다.

상대방과 마주보는 위치에 선다.

나이든 여성이라 생각했던 것은 착각이었다. 젊은 여자였다. 그것도 아주 젊은. 볼이 홀쭉하게 패일 정도로 말랐지만, 햇볕에 탄 화장기 없는 피부는 적당히 윤기가 흐르고, 인형처럼 어깨 길이로 자른 머리는 풍성한 부채꼴 모양으로 펼쳐져 있고 검고 풍성했다. 표정은 무언가 천진난만하다. 새우처럼 한껏 구부린 모습과 낮은 목소리 때문에 착각한 모양이다. 자세히 보니 십대 중반 정도나 기껏해야 이십대 초반 쯤 되어 보인다.

뭐 해?

같은 어조로 다시 물어온다. 여자는 내가 손에 들고 있는 것에 시선을 둔다.

"아, 그러니까……"

나는 머뭇거렸다. 조금 전 당신이 말을 걸어왔다고 여기에 쓰고 있던 차에 '바로 그 당신'이 말을 걸어왔다고 말해 버리면, 지금 이렇게 마주보고 서 있는 관계를 혼란에 빠트릴 뿐만 아니라, 모처럼 내 앞에 모습을 드러낸 당신이 사라져버릴 것만 같은 기분이 들어서.

나는 그녀를 응시했다. 그러자 여자는 표정을 풀었다.

괜찮아, 그냥 있어도 돼.

그렇게 말하고는 손짓했다. 나는 다시 습관처럼 바지를 홀홀 털고, 숄더백을 어깨에 메고 햇볕 속으로 나왔다. 덥다. 가벼운 현기증이 났다.

여자는 넓은 정원을 촘촘히 메운 잔디 위를, 징검돌을 밟아가면서 허리를 매우 부자연스럽게 흔들며 걷는다. 양손을 뒷짐 진 채로. 노인 흉내를 내는 것처럼 보이지는 않는다. 몸에 무언가 장애가 있는 듯한 걸음걸이다. 여자는 그것을 과시하는 양 삐걱대듯 옆으로 흔들면서 걷는다. 그 뒤로, 조금 망설이면서도 흔들림에 이끌리듯 뒤를 쫓는 내가 있다.

넓은 정원이 있는 집이다.

붉은 기와를 올린 안채가 가로로 길게 늘어서 있고, 키 큰 세 그루의 전단 나무가 호위하듯, 다실茶室을 연상시키는 초가지붕의 별채가 있었다. 정원 한가운데에는 연잎이 떠 있는 제법 큰 연못이 있었다. 하지만 잉어 같은 것이 헤엄치고 있는 것 같진 않다. 거뭇거뭇한 빛을 띠는 커다란 관목 십 수 그루가 정원을 둘러싸듯 심어져 있었고, 전화戰禍를 뚫고 살아남은 유서 깊은 저택 같은 풍취가 전체적으로 감돌고 있다. 구석구석까지 손질된 잔디 위를 걸어 집

앞에 도착한다.

여자가 기어오르는 듯한 자세로 툇마루로 올라갔다. 거실로 이어지는 장지문을 열고 안으로 들어간다. 내 쪽으로 엉덩이를 내민 채 거기 앉아서 기다려, 라고 말해두고는.

다타미畳 3조 정도 넓이의 툇마루에 앉는다.

몇 분 후. 여자는 앞으로 고꾸라질 것처럼 몸을 흔들며 돌아왔다. 조금 큼직한 토기 찻잔을 두 개 얹은 쟁반을 한 손에 들고서. 위험하게 보이지만 흔들리면서도 안정된 몸짓으로, 내게 찻잔을 내밀었다. 찻잔 안에는 희미하게 엷은 초록색으로 물든 액체가 가득 들어 있다. 녹차처럼 보였지만,

물이야, 그냥 물, 이런 것밖에 없어서.

여자는 그렇게 말하고는, 허리를 비틀 듯이 앉아 문설주에 몸을 기대며 비스듬히 앞쪽에 자리 잡았다. 살포시 펼쳐진 세련된 느낌의 감색 원피스 자락 사이로 한쪽 다리는 내놓고, 한쪽 다리는 접은 자세로.

먼저 찻잔에 입에 댄 건 여자 쪽이었다. 깔짝깔짝 입가심을 하듯이 마신다. 역시나 노인네 같은 몸짓이다. 나는 입안이 짜고 목이 심하게 말랐다. 엷게 색이 밴 '그냥 물'을 단숨에 마셨다. 응? 하수구 냄새가 난다. 기분 나쁜 역겨운 맛이 입 안 가득 퍼져 목이 메었다. 여자가 티 나게 웃는다. 대체 무슨 대접이 이렇담. 갑작스런 난입자를 놀리는 걸까, 나가라는 요구인 걸까. 그래도 너무나 불쾌하다. 이런 걸 마시게 한 이상 이대로 물러날 수는 없다. 오히려 고

집스러운 기분이 됐다.

"아주 멋진 집이네요."

아무렇지도 않은 척 나는 말해본다.

그냥 넓기만 해, 아무 것도 없고, 아무도 없어.

여자는 입가에 맺힌 미소를 잡아당기듯 웃으며 말한다.

"이런 큰 집에 혼자서요?"

응, 벌써 몇 십 년이나 나 혼자…….

몇 년이 아니라 몇 십 년이라는 건 여자의 젊음을 생각하면 기묘한 말투라고 생각했지만 그냥 흘려버리고, 오후의 햇살 아래 밝게 펼쳐진 정원을 바라보았다.

"이런 멋진 집이 마을 안에 있을 줄은 몰랐네요. 이런 연못이나 다리 같은 건, 옛 모습이 그대로 남아 있어서, 보호해야 할 역사적 유산이라고나 할까, 문화재급 집인 것 같네요 이곳은."

나도 모르게 과장해서 말한다. 여자가 이번에는 실룩실룩 어깨를 떨며 웃는다. 비굴하고 기분 나쁜 웃음이다. 나는 무시한다.

"정말 몰랐어요. 이 마을에 이런 집이 있을 줄은."

그야, 당신이 여길 모르는 건 당연해. 왜냐하면 이 집에 살고 있던 사람들은 벌써 옛날에, 그렇지, 벌써 70년도 더 전에 이곳이 불타서 폐허가 되었을 때 사라져 버렸으니까.

나는 여자를 물끄러미 바라본다. 웃음기가 사라지고, 홀쭉한 얼굴에 검은 큰 눈동자만 맑게 빛난다. 어린아이처럼. 세상의 비밀을 다 꿰뚫어보는 듯한 눈이다. 감정까지는 도무지 알 수가 없다.

여자에게서 눈을 떼지 않고 있으려니 끝없는 텅 빈 구멍으로 빨려 들어가는 느낌이 들었다. 무심코 몸이 굳었다.

이제 슬슬 이야기를 시작해 볼까. 당신 그것 때문에 왔잖아, 이곳에. 내 얘기를 듣고 쓰기 위해.

나의 긴장을 풀어주듯 여자가 말했다. 나는 그녀를 다시 바라본다.

그럼, 시작해 볼까, 모처럼 왔으니…….

왠지 말끝이 살짝 떨린다. 여자의 목소리의 떨림을 감춰주기라도 하듯 고개를 끄덕이고서, 나는 손에 들고 있던 노트를 펼친다. 볼펜의 뚜껑을 열고, 여자의 목소리에 귀 기울인다. 가늘고 낮았지만, 매우 잘 들리는 톤이다.


─내 이름은 마요. '마요真夜'라고 쓰지. 모두들 '마 짱'이라고 불렀지만, 우리 할아버지만은 '치루チルー'라고 불렀어. 치루라니, 왜 그렇게 이상하게 불러? 라고 초등학교 때 집에 돌아오던 길에, 밭하루을 갈던 할아버지한테 한 번 물어본 적이 있어. 그렇지만 할아버지는 곡괭이를 휘둘러 밭을 갈면서 내 얼굴도 보지 않고는 말했지. 너를 치루라고 느꼈으니까, 라고. 그게 무슨 뜻이에요? 하고 물었더니, 들어 올린 곡괭이를 흙 덩어리째 밭두렁에 던져버리고는, 깜짝 놀랄 정도로 화가 난 얼굴로 입을 다물어버렸어. 그 후로 나는 치루라고 불리는 이유를 할아버지에게든 그 누구에게든 물어본 적이 없어. 어째서 할아버지가 나를 치루라고 불렀는지는 모

르겠지만, 분명히 말하자면, 나는 치루라고 불리는 게 온몸의 털키이 곤두설 정도로 너무나 싫었어…….

할머니 이름도 '가마도ヵマ゙'였으니, 관련이 있을 리 없고. 할머니는 오십도 되기 전에 죽었어. 원래 몸이, 라기보다는 마음이 약했던 모양이라, 젊었을 때부터 이상한 짓을 곧잘 하던 사람이었대. 이상한 짓이란 건, 남들을 갑자기 깜짝 놀라게 하는 행동을 해서 주변 사람들을 곤란하게 만들거나 했다는 거야.

이런 일들이 있었다더라. 마을 전체가 축하의식우유에을 하고 있었을 때 대야 가득 진흙을 퍼다 마을 어르신에게 던졌다거나, 태풍 왔을 때 바람이 엄청 불어오는데 찢어진 바사진芭蕉衣[9]을 뒤집어쓰고 나비처럼 팔랑대며 온 마을을 뛰어 돌아다녔다거나, 공동매점 매장에서 다른 할머니들과 수다윤타쿠를 떨고 있나 싶더니, 갑자기 난폭해져서 상대방에게 달려들었다거나, 그런 거. 그런 일들이 여러 번 있었대. 결국 마지막엔 자식들이나 손자들 얼굴은커녕 자기자신도 몰라보는 바보가 되어서, 겨울밤 파도도 잠잠하던 바다에 문어를 잡으러 간다더니 빠져 죽었어. 바다에 빠져서 시체도 발견되지 않았다고 해……. 이 이야기는 훨씬 나중에, 내가 열세 살이 되었을 때 어쩌다 듣게 된 할머니에 대한 소문이야. 할머니가 죽은 건 다섯 살 때였으니까, 나는 실제로 할머니에 대해서는 아무 것도 기억나지 않아. 그래도 이제는 이미 바보가 되어버린 할머니

---

9 전쟁 전, 오키나와 사람들이 즐겨 입던 여름옷.

이름이든 내 이름이든 아무래도 상관없어. 나를 기억하고 이름을 불러주는 사람 같은 건, 여기엔 아무도 없게 되었으니까⋯⋯.

응, 그래서 말이지, 옛날에, 옛날이라고 해도 뭐, 백 몇 십 년인가 전의 일이지만, 그 백 몇 십 년 정도 전인 옛날, 이곳은 작지만 '왕조'를 갖춘 한 나라의 일부였다는데, 그 시대에 이 집은 마을을 다스리던 돈치殿內, トゥンチ[10]의 저택이었대. 아까 이야기한 할머니의 어머니가 그 저택에서 일하던 시녀였다고 해. 할머니의 어머니의 어머니, 다시 말해서 내 '할머니의 할머니'의 남편이 술주정뱅이에다 백수인 가난한 농가의 장남이었던 모양이야, 그런 사정이 있는 집인데 우연히 저택 주인님의 부름을 받고 '할머니의 할머니'는 저택에서 일하게 되었대. 그러다 주인님과의 사이에서 '내 할머니의 어머니'가 태어났대, 들리는 얘기로는. 어쨌든 이곳은 주인님과 관계를 가진 내 '할머니의 할머니'로부터 이어진 인연이 있는 장소인 셈이지. 이런 거, 이제 와서 이미 아무래도 상관없는 얘기지만⋯⋯.

여기서 여자의 목소리가 끊겼다.

나는 고개를 숙인 채 볼펜을 굴리고 있다. 여자가 말하는 '아무래도 상관없는' 이야기를 받아 적기 위해. 열심히 받아 적기를 마치고 얼굴을 들었다.

---

10 류큐(琉球)의 사족(士族)들 중에서 마름 우두머리의 집안을 가리키는 존칭.

여자의 모습이 사라졌다. 두리번대고 있자니 스르륵 하고 장지문이 열렸다. 언제 자리를 떴던 것인지, 여자는 새로 채운 물이 들어있는 찻잔을 들고 장지문 저편에 나타났다.

내민 찻잔을 들여다보며 나는 잔뜩 얼굴을 찌푸렸다. 아까보다도 훨씬 탁하고 검붉은 것이 둥실거린다. 생피를 따른 것 마냥 비린내가 난다. 나는 고개를 흔들었다.

마시기 싫으면, 안 마셔도 괜찮아요.

기분이 상한 건 아닌 것 같았다. 그렇게 생각해서인지 왠지 슬퍼 보인다. 비튼 몸을 문설주에 기대었던 원래의 자세로 돌아가, 허공에 시선을 띄운 채 말이 없어졌다. 텅 빈 여자의 눈빛에 사로잡힌다. 그 침묵을 나는 견딜 수 없어진다.

"저기, 다음 이야기를 계속해서…….."

지독히도 멍청한 타이밍에 내가 말했다. 그러자 여자는 비틀대며 일어나 그대로 어색한 동작으로 어슴푸레한 장지문 건너편으로 들어간다.

밖은 어느 샌가 어두워져 있었다. 올려다보니 바다 쪽에서 새카만 구름이.

갑작스럽다. 이런 곳에서 비가 쏟아져 발이 묶이거나 한다면 큰일. 아니, 도중에 비가 내리기 시작한다면 더욱 곤란해진다.

가야 하나 말아야 하나 고민하고 있자니, 맞은편에서 사람이 다가온다. 한 남자가 성급한 걸음걸이로 열려있던 문을 통해 집 안으로 들어왔다. 말쑥하게 상하의를 갖춘 검은 정장을 입고, 흰 머리가 섞인 머리를 3대 7로 나눠 빗은 중년 남자다. 작고 땅딸막한 체구였지만 팽팽한 얼굴에는 어딘지 위엄이 있었다.

—치루—.

들어서자마자 드높게 노래하듯 불렀다. 여자에게 볼 일이 있는 모양이다. 마요라는 여자를 치루라고 부르는 이 남자는 누굴까. 아까 여자의 이야기로는 할아버지만 그렇게 부른다고 했었는데. 남자의 등장을, 집을 떠날 구실로 삼자고 생각했다.

"저, 치루 씨라면 안쪽에 있어요."

그렇게 말하고는 필기도구를 가방에 넣고서, 툇마루를 내려왔다. 그러자,

—이봐, 치루—.

남자가 나를 가리듯 가로막고 선다.

—축하의식우유에 준비 다 됐어, 빨리 서둘러.

이렇게 꾸물거리면 안 돼.

그 얼굴은 나를 향해 있다.

—이봐, 축하의식이 곧 시작된다고.

고개를 들어 그쪽을 바라보니, 멀리서 떠들썩한 소리가 들려온다. 샤미센산신과 북소리다. 소리를 지르고 떠들어대는 듯한 사람의 목소리도 섞여 있다. 시끄럽다. 마을 집회장 근처의 마이크를 켜두어 부주의하게 흘러나온 잡음 같기도 하다. 아 그렇지, 저건 남자가 말한 우유에, 즉 무언가를 축하하는 자리의 소란이다. 여자는 그 자리에 초대된 입장일 것이다. 그러나 여자는 안으로 들어가

버린 채 나올 기색이 없다. 나는 남자에게 앞길을 가로막혀, 몸 둘 바를 모르고 툇마루 끝에서 쩔쩔매고 있었다. 치루 씨를 부를까 말까 망설이면서, 남자의 재촉하는 듯한 눈과 마주치면 허둥지둥 손을 비벼대거나 쉴 새 없이 제자리걸음을 하거나 하면서. 가라앉지 않는 기분을 주체 못하고 있자니, 남자는 화를 억눌러 참는 표정이 되었다.

　―당신, 뭘 그렇게 안절부절 못해.

　나는 점점 더 어찌해야 좋을지 몰라 안쪽을 향해 치루 씨, 하고 큰 소리로 불렀다.

　―당신 말이야, 대체 어디다 대고 말하는 거야, 바보 같이.

　어이, 치루, 어서, 어서 빨리 하라고.

　남자의 눈이 다가온다. 나는, 얼굴이 새빨개진 걸 스스로도 느껴질 정도로 격렬하게 머리를 흔들었다. 그러자 남자의 거친 목소리.

　―에잇, 귀찮게시리.

　왼쪽 손목이 덥석 잡혔다. 영차, 하는 기합소리와 함께 질질 끌려가는가 싶더니, 그대로 날아가듯 남자가 달리기 시작한다. 뷰뷰뷰뷰붓. 발이 땅에 닿지 않는다. 머리털이 전부 곤두서고, 온 세상이 힘차게 날아간다―.


　그곳은 마을회관이나 집회소 같은 곳이 아니었다. 전방에 보이는 것은 바다를 마주 보는 깎아지른 듯한 절벽을 코앞에 둔, 울퉁불퉁한 암반으로 이루어진 꽤 널찍한 광장이었다.

벌써 그런 시간대인 것일까. 해수면이 검붉은 색으로 물들어 있다. 얼굴에 저녁 햇살이 와 닿는 것을 느끼며 주변을 둘러보자니, 광장 이곳저곳에서 꿈틀대는 것이.

무엇일까 저것은. 굼실, 굼실굼실, 암반이 작은 산의 형태로 솟아오른다. 지금 막 바위틈에서 생겨나는 중이라고 해야 할 것만 같은 생명체의 기색이 있다. 사람이다. 틀림없다. 한 사람이 머리를 들어올린다. 부르르 몸을 떨고 천천히 일어난다. 두 번째 사람이 팔굽혀펴기를 하는 움직임으로 거침없이 허리를 일으켜 세우고 있다. 차례로 어깨와 목을 쳐든다. 세 사람, 네 사람……그렇게 이어진다. 열 명 넘게, 아니 서른 명 가까이 있는 걸까. 사람 수는 많지만, 조용해서 그다지 많게 느껴지지는 않는다. 그러자, 후욱 숨을 내뿜는 커다란 그림자가. 바람에 나부끼는 봉황목鳳凰木[11]과도 닮은 남자이키가가 한 사람, 기지개를 켜며 일어난다. 이쪽을 향해 다가온다. 그를 선두로 전후좌우에서 일어난 사람 그림자가 비틀비틀비틀 다가온다. 휘청거리면서도 밀어닥쳐오는 기세에, 무심결에 나는 정장을 입은 남자의 등 뒤로 뒷걸음질 쳤다.

뭐 이런 사람이 다 있을까.

피골이 상접한 어깨선. 대나무 마디 같은 손과 발. 광대뼈가 튀

---

11 장미목 콩과의 소교목. 높이 6~12m로 가지가 넓게 퍼지고 생장이 빨라 열대지방에서 가로수로 주로 심음.

어나오고, 숯검댕이를 발랐나 싶을 정도로 꾀죄죄한 얼굴에, 눈알만이 희번덕거리며 빛나고 있다. 모두 아사 직전의 말라비틀어진 모습. 선두에 선 덩치 큰 인물은 제멋대로 자란 머리에 턱수염을 기르고, 닳아빠진 헐렁한 바지를 입고 있다. 해골이 옷을 걸친 듯한 모습. 그 외에는 모두 치루와 비슷한 또래로 보이는 여자미야라비들이었다. 세 갈래로 땋은 머리를 부스스하게 늘어뜨리고, 표주박 모양의 깃이 달린 면 셔츠에 몸뻬 차림. 뭐라 말할 수 없을 정도로 시대에 뒤떨어진 패션이었다. 촌스럽다기보다는 무참하고 슬펐다. 아, 하고 짐작 가는 것이 있다. 이 깎아지른 듯한 절벽은 어쩌면 괴수영화나 전쟁영화의 촬영현장일 지도 모른다. 그래, 나는 머릿수를 채울 엑스트라로 여기 끌려온 것일 게다. 아니, 단순한 엑스트라로서가 아니라 이야기 전개에는 필요한 '치루 역'으로서.

그렇게 생각하고 보니, 그들은 주어진 역할을 연기하기 위한 준비처럼 바위 광장에 서거나 앉거나 하늘을 올려다보며 무언가 중얼거리는 몸짓을 하는가 싶더니, 후우, 후오오— 하고 마구 심호흡을 하기도 했다. 촬영 직전의 발성연습인가 정신통일인가. 이제부터 야외무대에서 전위적인 노能 같은 걸 연기하기라도 하는 것처럼 말이다.

정장을 입은 남자가 목소리를 높였다.

—축하의식우유에을 시작합니다, 시작합니다—.

휘익, 손가락으로 휘파람을 분다. 그것을 신호로 두두두두, 둥둥둥둥, 하는 북 소리에 이어 챙챙, 챙챙챙챙 하는 산신 소리도.

소리를 내며 광장 그늘에서 나타난 것은, 새빨간 동저고리 자락을 허리까지 걷어붙이고 노란 중절모를 쓴 커다란 남자마기이키가와 몸집이 작은 남자구마이키가였다. 마기이키가는 산신을 한 손에 들었고, 구마이키가는 작은 북을 배에 끌어안았는데 살이 쪄서 이중으로 뱃살이 접혀 있다. 이런 광대풍의 이키가 두 사람이 암벽 바로 앞에 펼쳐진 바위 무대 좌우로 갈라서서, 교겐마와시狂言回し¹²가 잡담을 늘어놓듯 인사말을 하기 시작했다.

―하이요, 하이하이하잇, 여러부운―.

하이도, 하이하이하잇, 실례합니다아.

번갈아 내는 목소리가 하늘을 향해 울려 퍼진다.

―여러분―,

여기에, 나온, 저희 두 사람은,

목숨의 축하의식을 위해, 찾아왔습니다,

잘 부탁드립니다, 잘 부탁드립니다…….

구마이키가가 치는 시원한 북의 리듬에, 마기이키가가 켜는 산신 소리가 지지 않겠다는 듯 격렬하게 울려 퍼진다.

―하이도―도―, 도착했습니다,

지금부터, 우리들 두 사람이, 노래를, 불러드리겠습니다,

목숨의 축하의식을 위해서, 입니다,

잘 부탁드립니다, 잘 부탁드립니다…….

---

12 (가부키 각본에서) 주인공은 아니지만 연극의 진행에 필요한 역할.

손에 든 악기를 켜고 두들겨 서로의 목소리를 지워버리며, 마기이키가와 구마이키가는 바위 무대 위를 어지러이 돌아다녔다. 챙챙, 두두두둥둥둥둥 하는 소리가 광장을 뒤흔든다. 보이지 않는 기색을 북돋우는 소리의 난타에, 바위 광장에서 흔들리던 그림자들이 표정을 드러낸다. 수염 난 이키가는 의외로 온화한 눈매였고, 그를 에워싸듯 서성이던 젊디젊은 미야라비들은 양갓집 규수마냥 세상 물정 모르는 순진한 얼굴을 하고 있었다.

정장을 입은 남자가 안 보인다고 생각하고 있자니, 수염 난 이키가와 나란히 서 있다. 수염 난 이키가와 정장 입은 이키가. 체격이 극단적인 이키가가 대조를 이루며, 각자의 위엄으로 바위 광장을 지배한다. 휘청, 하고 수염 난 이키가의 상반신이 기울어졌다. 휘청대면서 이쪽으로 다가온다. 꽤 가깝게 다가와서는 뼈만 남은 한쪽 팔을 내게 내밀었다. 움찔, 그러나 나는 그에게서 눈을 피하지 않는다. 온화하다고 느낀 표정은, 자세히 보니 짙게 겁에 질려 있었다. 허무의 바다에서 기어 올라온 눈이 갑자기 증오를 담아 이쪽을 노려본다 싶더니, 다가올수록 분노를 억누른 어두운 빛을 띤다. 깊은 슬픔의 표정이다.

아, 나는 목소리를 높였다. 이 눈은 분명 본 적이 있다. 심장이 삐걱댄다. 대사를 잊어버린 배우 같은 몸짓으로 나는 양손으로 머리를 감싼 뒤 눈을 감고, 남자에게 건넬 말을 찾는다.

"저어, 목숨의……."

한순간 말문이 막혔지만, 계속한다.

"목숨의, 축하의식이라는 건, 무얼 축하하는 거죠."

수염 난 이키가는 약간 고개를 갸웃하더니 멈춰 섰다. 던져진 질문의 소박함에 당황한 것 같은 끄덕임. 곧장 갸웃했던 고개를 바로 한다. 그러더니 누더기에서 튀어나온 대나무 같은 팔을, 등 뒤에 늘어선 미야라비들을 향해 천천히 치켜들었다. 그러자, 미야라비들이 격변.

서른 명 가까운 몸뻬 차림의 미야라비들이, 갑자기 흔들리기 시작한 것이었다. 즉흥연기를 갑자기 강요당한 것처럼 난잡하게, 가슴을 뒤로 젖히고 몸을 쥐어뜯으며 몸부림친다. 부르르르 고개를 흔들고, 어깨를 으쓱대고, 허리를 비틀어댄다. 무턱대고 움직이며 하늘을 향해 주먹질을 한다. 라이브 공연에 열광하는 관객의 몸짓. 혹은 '…반대!' 하고 구호를 외치듯, 여러 개의 뼈만 남은 팔이 아무 것도 없는 공간을 격렬하게 내지른다. 몇 십 개의 부스스하게 땋은 머리채가 달린 막대기가, 휙휙 하늘에서 춤을 추었다. 광대들이 내는 챙챙챙챙 둥둥둥둥 하는 소리가 바야흐로 고동치며 빨라진다. 그에 맞추어 움직이는 미야라비들의 애처로운 가느다란 몸이 꺾여버릴 것만 같다. 더 이상 견딜 수 없어진 내가 외친다.

"왜들 그러세요ㅡ, 여러분ㅡ. 당신네들에게, 대체, 무슨 일이 벌어진 건가요오ㅡ.

전하고 싶은 것이 있다면, 말로 해주세요오. 부디, 부디, 그렇게 해주세요오.

그렇게 해주시면, 제가, 여기에 적어둘테니까요오."

목구멍이 불타는 듯이 뜨겁다. 숨이 막혀서 손에 들고 있던 가방을 던져버리려던 때,

—다름 아니라, 치루 씨.

수염 난 이키가의 목소리다.

—목숨의 축하라는 건, 여기서 미친 듯이 날뛰는 목숨들을 마음껏 축하 해주고 위로해주는 의식일 뿐입니다.

낮은 톤의 마치 교사 같은 말투다. 숨겨두었던 생각을 살짝 드러내는 듯한, 무심코 말해버린 자신을 부끄러워하는 듯한, 살짝 쑥스러운 여운도 있다. 미야라비들이 무턱대고 주먹질을 하던 몸의 움직임을 이번에는 천천히 바꾸더니, 반원형의 3열 횡대로 늘어섰다. 그러더니 미야라비들은, 콩— 콩— 목소리를 터뜨리는 것이었다.

—목숨의 축하, 라는 건—

—세상에 둘도 없는 이 목숨을—

지키는 것—

비브라토가 들어간 소프라노였다. 미야라비들의 맑은 목소리가 일단 허공으로 휘감기듯 올라가더니, 연쇄적으로 이어져 다시금 춤추며 내려온다.

—목숨을, 지키기 위해서는—

—축하하는 일 외에, 달리 방법이 없다네,

—손을 쓸 수 없는 일들만이 일어나는, 이 세상—

—세상은 하나, 라는 말도 안 되는 거짓말—

―그렇다고는 하지만―, 거짓말은 진실의 시작―,

―시작이 없으면, 아무 것도 시작되지 않는 법,

―시작은 끝과 맞닿은 것―,

―끝나는 것도―, 시작을 위한 것―,

―그야말로―, 시작도 끝도 없는, 목숨의 릴레이―.

―목숨이야말로 보물, 이라고 하지만―,

―역시―, 목숨은, 보물, 이니까―,

―보물인 이 목숨을―, 지켜야만 하네―,

―……지켜야만, 하네―,

―지키는 것도, 공격하는 것도, 철의……,

끝없이 이어지는 끝말잇기 같은 주고받음이 어느 샌가 군가조로 변해간다. 끝없는 말장난을 끝내기 위해, 정장 차림의 이키가가 목소리도 드높게 마무리 지었다.


난세는 지나가고, 평화로운 세상을 맞이하네

마음껏 위로하세, 목숨의 축하의식을 하세―


운율이 깨어진, 오래된 노래를 흉내 낸 문구였다.

노래가 끊기자, 미야라비들의 줄이 흩어졌다. 흩어져서 머리를 매만지고 옷매무새를 가다듬는 움직임 속에서, 몇 명인가가 슬슬 이쪽으로 다가온다. 전체적으로 꼬질꼬질한 셔츠와 몸뻬 차림에 애처로운 느낌은 사라지지 않았지만, 어딘지 지성이 흘러넘치는 용모의 미야라비들이었다. 뜨겁게 달아올랐던 내 목구멍이 가라앉아간다. 똑바로 이쪽을 바라보는 눈동자의 물기에 이끌렸다.

"저기, 여러분을 저 북과 산신 리듬에 용기를 북돋아 목소리를 되찾은 사람들, 이라고 생각해도 될까요?"

한순간 주저하는 표정을 내비치며, 미야라비들은 발걸음을 멈추었다. 하지만 곧바로 목소리를 되찾는 것이었다. 조금쯤은 망설이는 낮은 톤에, 강한 단정조가 섞인 말투로.

―그러고 보니, 그렇게 말할 수도 있겠지만요.

―아니요 아니요, 결코, 그런 건, 아닙니다.

―아, 슬프네요. 이렇게 말을 하고 있어도, 우리들의 목소리가 당신에게 가 닿는다는 보장은, 아쉽지만 없는 거라서요.

―우리들은, 그때 그 장소에서, 모두 죽은 거니까요.

―그렇게 되살아난 이상, 역시 우리들은, 깨끗이 죽어야만 하는 입장이 되었습니다.

고개를 갸웃거리고 있자니, 한 미야라비가 다리를 질질 끌며 다가온다. 아직 한창 성장기의 천진함이 남은, 무척 자그마한 미야라비다. 눈이 커다랗고 속눈썹이 길게 위로 뻗어 올라가 있다. 작은 몸으로 쭈욱 발돋움하더니, 내 얼굴에 입김을 불어 넣듯 속삭였다. 보기와는 달리 기묘하게 어른스러운 말투로.

―당신, 그런 식으로 이것저것 고민할 필요 없어요. 당신은 이 축하의식에 참가할 자격이 있으니까요. 듣자하니 당신은, 치루라는 이름을 가진 모양이니까.

"아, 아니, 저는……."

고개를 흔들며 뒷걸음질 쳤지만, 옆에서 갑자기 불쑥 다가온 세 사람의 미야라비가 뒤쪽 좌우에서 에워쌌다. 습기 찬 먼지 냄새가 물씬 풍긴다. 미야라비들의 머리카락과 옷에서 난다. 며칠씩 햇빛을 보지 못하고 동굴 속에 갇혀 있었음을 말해주는 음침한 냄새다.

ㅡ자아, 어서 와요 치루 씨.

ㅡ만나게 되어서, 정말 기쁘게 생각해요.

ㅡ우리들은, 당신과 만나길 무척 기대하고 있었어요.

그런 말을 하면서 세 사람 중, 키가 큰 미야라비가 내 왼팔을 잡았다. 오른팔을, 나이 들어 보이는 얼굴의 미야라비가 휘감았다. 양쪽 겨드랑이에서 끈끈하게 열이 전해져온다. 짙어진 먼지 냄새가 짜증난다. 이상하리만치 목이 긴 세 번째 미야라비가 내 얼굴을 들여다보며, 이런 말을 했다.

ㅡ자, 치루 씨, 여기서 우리들과 같이 목숨의 축하의식을 합시다. 치루라는 이름을 사용하는 자를 대표해서.

나이 들어 보이는 얼굴의 미야라비가 덧붙였다.

ㅡ당신이 치루라는 건, 우리들과 함께 축하의식을 할 수 있는, 단 하나의 소중한 증거니까요.

미야라비들에게 치루라고 불리고, 치루라는 사실이 그녀들과 연결되는 단 하나의 증거라는 소리를 들은 이상, 치루라는 이름에 담긴 의미를 나는 알아야 할 필요가 있다. 조금 거리를 둔 곳에서 이쪽을 올려다보듯 하고 있는 속눈썹이 길게 뻗은 자그마한 미야라비쪽으로 얼굴을 돌렸다.

"저기요, 치루라는 이름에는 어떤 의미가 있는 거예요?"

큰 키의 미야라비가 팔을 쓱 뺐다. 나이 들어 보이는 얼굴의 미야라비도 외면하며 나를 튕겨내듯 뿌리친다. 목이 긴 미야라비는 기다란 목을 움츠렸고, 속눈썹이 길게 뻗은 자그마한 미야라비도 갑자기 고개를 숙이는 바람에 한층 더 조그맣게 되어버렸다. 그녀들이 각자 어떤 반응을 보이든, 사태를 파악할 수 없는 나는 계속해서 하나하나 물어볼 수밖에 없다.

"영문도 모른 채 이곳에 오게 된 저로서는, 어떻게든 알아야만 할 게 하나 더 있어요."

미야라비들의 얼굴이 일제히 나를 향했다. 기세를 몰아 목소리를 높였다.

"여러분은 목숨을 축하하는 입장인가요, 아니면 축하를 받는 입장인가요. 그리고 저는, 대체 어느 쪽에 서야 하나요?"

그러자 쿡쿡쿡, 하고 웃는 소리가 들렸다. 모두 입가를 누르며 웃음을 참고 있다. 그러다 쿡쿡쿡이 큭큭큭, 불분명한 소리로 바뀐다. 놀리는 건지 경멸인 건지. 그런데도 비굴한 느낌이 드는 소리 없는 웃음이다. 아, 이건, 그 '치루'의 웃음소리와 꼭 닮았다. 홀로, 속눈썹이 길게 뻗은 미야라비만이 진지한 얼굴로 나를 바라보며 눈을 깜빡거리고 있다. 그녀는 내 어깨 부근밖에 오지 않는 작은 키였지만, 요즘 잘 나가는 인기 아역 배우를 닮은 작은 얼굴에

깨끗한 생김새가 무척 매력적이다. 수심에 잠긴 듯 깜빡이는 기다란 속눈썹 아래로, 갑자기 눈물을 떨군다. 흐르는 눈물방울은 반짝이는 수정구슬 같다. 눈물을 흘리며 속눈썹의 미야라비는, 맑고 가는 목소리로 막힘없이 이야기하기 시작했다. 차분하게 나를 타이르는 듯한 어조로.

　─치루 씨, 여기 있는 사람들은 모두 다 치루예요. 치루의 아픔을 짊어진 사람들인 거예요. 말하자면, 당신과 마찬가지죠. 치루인 이상, 축하를 하는 입장이라든가, 축하를 받을 입장이라든가 하는 구별은 전혀 필요치 않아요. 각각의 입장의 차이를 넘어 마음껏 위로받는 것이 목숨의 축하의식다운 것이 아니겠어요?

　나는 가볍게 머리를 흔들어 보였다. 그런 얘기를 들어도, 나는 아직 이 상황을 파악하지 못했을 뿐더러, 가장 중요한 '치루의 아픔'이란 게 대체 어디서 유래하는 건지 알지 못했다. 거기다 축하한다고 하는데 그게 무슨 축하인지도 도통 알 수 없었다. 나의 몰이해를 슬퍼하듯, 눈물이 맺힌 속눈썹을 귀여운 손가락으로 닦아내면서, 속눈썹 미야라비는 짐짓 어른스러운 어조로 말을 이어간다.

　─이리 융통성이 없어서야, 치루 씨. 치루 씨라는 사실이 우리들을 이렇게 연결해주고 있는 거니까요. 여기에 이렇게 온 이상, 당신은 치루라는 사실을 분명하게 자각해야 해요. 그리하면 우리들과 치루의 '아픔 나누기'가 가능해져요. 당신의 아픔을 우리들에게 나눠주고, 우리들의 아픔을 당신이 받아들일 수 있다면, 그만

큼 치루의 아픔을 서로가 덜어낼 수 있게 되는 거죠. 덜어낸다고 해도 아주 아주 조금, 약간의 아픔만 나누는 거지만요.

속눈썹 미야라비가 그런 설명을 하는 동안, 다른 미야라비들은 안절부절 못하며 바다 쪽을 향해 시선을 보내고 있다. 빨리 축하의식을 시작하고 싶은 거겠지. 이대로라면 나는 억지로라도 축하의식에 참가하지 않으면 안 될 것이다. 그것이 어떤 것인지도 모른 채.

"저기요, 만약에 제가 치루가 되어 여러분과 함께 축하의식에 참가해, 치루의 아픔을 나눈다고 해도 말이죠, 저는 축하의식 방법을 전혀 몰라요."

큰 웃음거리가 될 각오를 하고 말했다. 그러나 웃지 않았다. 몇몇 미야라비들 등 뒤에서 숨 죽이고 있던 흐릿한 형체의 미야라비 셋이 제각각 답을 해주었다.

─그런 거라면, 아무 걱정할 필요 없어요, 치루 씨.

─아주 간단해요.

─당신의 상처와 우리들의 상처를 백일하에 드러내고 서로의 상처를 포개는 것, 단지 그뿐이에요.

목이 긴 미야라비가 그 목으로 주위를 삥 둘러보고는 말했다.

─자아 자아, 여러분, 이제 이쯤에서 시작합시다. 치루 씨도 이제 드디어 할 마음이 생긴 것 같으니 말이죠.

나는 목을 움츠린다. 재촉에 떠밀려 미야라비들 쪽으로 걸어간다.

한순간 분위기가 팽팽해진다. 하늘에서 뒤로 돌아— 뒤로, 라는 호령이라도 내린 건지, 미야라비들이 일제히 몸을 움츠리며 바다 쪽을 향한다. 그러자, 네 명의 이키가는 그녀들과는 반대 방향으로 얼굴을 돌린다. 남자와 여자의 경계를 의식이라도 하듯 긴장과 부끄러움이 역력한 표정으로. 마기이키가와 구마이키가가, 낮고도 조심스럽게 산신과 북을 연주하기 시작한다. 챙챙, 챙챙챙, 둥둥, 둥둥둥, 느릿하게 억누른 리듬.

희미한 소리에 감싸이듯, 수염 난 이키가가 바위 부근에 무릎을 꿇고 앉았다. 고개를 숙인다. 그 옆의 정장 입은 이키가는 직립부동 자세. 미야라비들을 얼굴을 돌려, 똑바로 바다 저편을 바라보고 있다. 챙챙, 둥둥둥 하는 소리에 맞추듯 가볍게 허리를 흔들고 있던 미야라비들이, 차례차례 흐트러지고 구멍 뚫린 표주박 모양의 깃이 달린 셔츠의 단추를 천천히 풀기 시작했다. 셔츠와 속옷을 벗어던지고, 상반신을 완전히 드러낸다. 모두들 몸뻬 하나만 걸치고, 여위고 창백한 어깨와 양팔을 드러내고, 얼굴을 하늘을 향한 채 서 있다. 모두들 사진 속 조각상처럼 조용하다. 가는 목과 어깨 위로 늘어진 부스스한 짧은 머리만이 생명체처럼 바람에 나부낀다.

이제부터 미야라비들은 그 몸에 남겨진, 치루의 아픔이 각인된 상처를 우리들에게 드러내고 '아픔을 나누는' 의식을 시작하려 한다.

그러나 나의 위치에서는 그 어떤 미야라비의 등이나 팔 어디에서도 상처 비슷한 걸 발견할 수 없다. 오히려 저녁놀에 물든 젊은 피부가 아련하고도 요염하다. 매끈매끈하고 탄력 있어 보인다. 아, 이 피부의 탄력과 윤기야말로, 그 무엇보다도 미야라비들이 살아 있다는 증거가 아닐까. 싱싱한 피부에 매혹되어, 슬쩍 다가가서 한 사람 한 사람의 등이나 어깨나 팔을 더듬듯 응시했다. 역시, 그럴 듯한 상처의 흔적은 발견할 수 없다. 치루들이 받은 상처는 등 쪽이 아니라 바다 쪽을 향한 가슴이나 배에 있는 것일까. 아니, 그녀들의 상처와 아픔은 눈에 보이는 신체의 어딘가가 아니라, 사람의 눈으로는 볼 수 없는 장소에 숨겨져 있는 것일 지도 모른다.

　─자, 치루 씨, 당신도 벗는 겁니다. 이 무거운 옷을.

　가냘픈 등을 이쪽으로 돌린 채, 속눈썹의 미야라비가 말했다. 그 말을 듣고 나는 손에 들고 있던 짐을 발치에 두었다. 땀이 밴 긴 소매의 티셔츠와 속옷을 한꺼번에 벗어던지고, 미야라비들을 따라 바다 쪽을 향한다. 깎아지른 듯한 절벽 근처에 멈춰선 미야라비들의 위치에서 세 발짝 정도 거리를 두고.

　눈 아래로 펼쳐진 바다가, 시원하게 탁 트인 푸른색이다. 이런 색의 바다를 나는 지금까지 본 적이 없다. 그 바다를 마주한 나는, 망측하게도 상반신을 드러내고 있다. 의외로 창피하다는 생각은 들지 않는다. 땀이 밴 나의 이마나 목덜미나 빈약한 젖가슴을, 여름 저녁 무렵의 바닷바람이 솔솔 어루만지고 지나간다. 서늘하니 기분 좋다. 나도 모르게 양손을 크게 벌리고 심호흡을 했다. 곧 그럴 때가 아님을 깨닫고, 당황해서 가슴을 가리며 미야라비들을 홈

쳐보았지만, 나의 위치에서 확인할 수 있는 건 저녁햇살을 받은 그녀들의 뒷모습뿐. 표정은 알 수 없었다. 큭큭 웃고 있는 것 같기도 하다.

그런데 들려온 것은 웃음소리가 아니었다. 히끅, 히끅히끅히끅, 삐걱대는 듯도 하고 무너지기 시작하는 것 같기도 한, 참을 수 없는 슬픔과 분노의 틈새로 비어져 나오는, 오열로도 들리는 소리. 귀를 기울인다. 미야라비들이 노래하는 소리였다. 바람에 흔들리며 스스로를 격려하고 채찍질하듯 올라가는, 음정이 애매한 노랫소리였다.

바—다에, 가면……가면은……
산—에, 가면……가면은……
……돌아보지, 말아—라…….

노래하면서 미야라비들은 발을 질질 끌며 한 걸음씩 깎아지른 듯한 절벽 쪽으로 나아간다. 한 걸음 내딛고는 반걸음 뒷걸음질 치는 식이다. 자신들의 노래에 쫓기는 것 같은 발걸음이었다. 떨면서 멈춰 서서는 한 걸음 앞으로, 반걸음 뒤로 물러서서는 또 한 걸음……. 바—다에, 가면……의 운율에 맞추어 슬로우 댄스의 스텝을 밟는 미야라비들을 흉내 내어 나도, 그렇게 한다. 끌리듯, 이라기보다는 미야라비들의 노랫소리의 운율이 나에게 그렇게 강요하는 것이다. 그러면서도 집요하고도 은밀한 운율에 격한 거부감이 일었지만, 걸음을 멈출 수 없었다. 미야라비들이 하듯 나도 그렇게 하는 것이, 치루로서 자각하게 하고, 그녀들과 '아픔 나누기'를 실현하는 길이라는 걸, 두려움과 황홀감 속에서 이해할 수 있었다. 그리고 깎아지른 듯한 절벽으로 걸어 나간다.

노랫소리가 멎었다. 멈춰 선다.

미야라비들은 깎아지른 듯한 절벽 바로 코 앞.

해수면은 꽤 아래쪽에 있었다. 보니 바다의 푸르름은 저물기 시작한 저녁 해 때문에 검붉게 변색되었고, 하얀 파도가 이쪽에 손짓하듯 거세게 일고 있다. 그 바다를, 미야라비들은 다함께 말없이 내려다보고 있다. 조용하지만 등의 떨림이 전해져온다. 큰소리로 꾸짖듯이 노랫소리가 이어진다. 아, 이대로라면 미야라비들은, 그 다음의 움직임으로 이끌려갈 것이다. 내 무릎이 조금씩 떨리기 시작한, 그때였다, 갑자기 어떤 노래의 운율이 내 입에서 튀어나온 것은.

원망스럽구나, 이 세상이여……

나는 미야라비들 등 저편의 바다를 향해, 있는 힘껏 목청을 높였다.

무정한 바다가,
나를 건너게 하려고, 손짓을 하는구나

미야라비들이 한순간 가만히 있다가, 천천히 나를 돌아보았다. 손짓을 하는구나, 하는 운율의 여운에 녹아들 듯 미야라비들은 표정을 풀고, 미소를 머금은 몇 쌍의 눈이 나를 바라보고 있다. 조용히 눈을 깜빡이고는, 다시금 천천히 바다 쪽을 향한다. 기다려. 가지 마. 미야라비들을 향해 뻗은 내 팔이, 순간 누군가의 손으로 넘겨지고, 내 발은 아슬아슬하게 안착—.

횅하고 메마른, 넓디넓은 저택의 정원.
오래된 가주마루 나무 밑동에 던져져 있던, 한 권의 노트를 집어 들었다. 희미하게 곰팡이 냄새가 밴 노트의 표지에 내려앉은 먼지를 털어내니, '기록y'라 적힌 딱딱한 글씨가 드러났다.

# Q마을 전선a

〈Q마을 입구에 서면 한 남자가 말을 걸어올 것이다〉

며칠 전, 신원을 알 수 없는 사람에게서 불쑥 전달된 세 번째 파일, 「기록Q」의 첫 페이지 첫 줄에는 작고 딱딱한 글씨체로 이렇게 쓰여 있었다. 이어서,

〈그 남자가 당신이 알아야 할 사실을 이야기해 줄 것이다〉 라고도.

지금 내 앞에 있는 것은 풍성한 가지를 늘어뜨린 야라부ヤラブ[13] 가로수길. 야라부의 농익은 황금색 열매가 특유의 강한 냄새를 풍기고 있다. 이곳이 Q라고 불리는 마을이라는 것을 알게 된 것은 '기록Q'에서 얻은 정보다. 즉 '기록Q'라는 것은 Q마을의 기록인 모양으로, 그에 따르면, Q마을은 이미 사람들의 기억에서 잊혀 사라진 마을인 듯하다. 마을이라고는 하지만 옛 사람들이 대대로 정착해 살며 가족을 꾸려 생활을 영위하고 역사를 축적해 가는 일반적인 의미의 마을이 아닌, 어떤 목적을 갖고 혈연을 달리하는 사람

---

13 호동(テリハボク), 조엽목을 이르는 오키나와어. 주로 바닷가에 서식하는 키가 큰 나무.

들이 모여 집단을 이루어 조용히 숨어 살던, 급조된 마을 같은 곳이다. 다만 그것이 어느 시대이며 어떤 경위로 그리 되었는지, 구체적인 것은 아무 것도 적혀있지 않다. 제1장 Q마을의 유래, 이 안에 기술되어 있는 것은 〈시대의 격류〉에 휩쓸려 〈갈 곳을 잃은 사람들〉이 〈비밀 계획〉을 실행에 옮기기 위해 〈특별한 훈련〉을 하고 있던, 식의 망상으로 가득 찬 문구가 몇 줄 이어지고, 그 뒤는 A4사이즈 용지 30장 정도의 빈 페이지가 이어져 있을 뿐이다.

Q마을이 사람들의 기억에서 잊혀 사라졌다는 것은 그 〈비밀 계획〉이 무산되었다는 것이며, 예전에 그곳에서 살아갔을 사람들도 이미 죽어버렸거나, 다른 땅으로 이산되어 갔거나 그 어느 쪽이라는 건 분명하다. 따라서 내가 Q마을에 대한 정보를 얻는 것은 상당히 곤란한 사태라는 걸 예상할 수 있다. Q마을 이야기를 전해주는 이야기꾼이나, 혹시라도 지금 지구 어딘가에서 살아가던 자손과 우연히 만나지 않는 이상은. 그런 경우는 좋은 인맥이란 없는 나에게 찾아 올 리 없으니, 결국은 기록에 있는, 마을 입구에서 내게 말을 걸어 올 〈한 남자〉가 그 역할을 해 줄 상대가 될 것이다.

—이곳에 들어오지 말 것.
마을 입구에 세워진 고지판에 손 글씨로 그렇게 쓰여 있었다.
검은 매직으로 베니어판에 눌러 쓴 듯한 '들어오지 말 것'이라는 글귀를 무시하고, 오히려 강한 호기심이 발동하여 산도參道[14] 처럼 생긴 야라부 가로수 길로 나는 발을 들여 놓았던 것이다.

야라부 그늘로 인해 한결 부드러워진 햇볕을 받으며 작은 길을 통과하니 온통 무성한 잡초가 자리하고 있다. 수확기를 놓친 사탕수수우지 밭처럼 보이는 억새 들판이 펼쳐져 있다. 주위에 민가 같은 건물이나 허술한 판잣집 하나 눈에 띄지 않는다. 황량한 풍경 저 너머로, 산이라고 하기에도 언덕이라고 하기에도 애매한, 낙엽 섞인 초목에 둘러싸인 약간 높은 바위산이 주위를 호위하듯 억새 들판을 내려다보고 있다. 사람 하나 없는 마을의 적막함이 억새의 흔들림을 타고 전해져 올 뿐. 무인 섬에 내려앉은 기분이다.

이런 곳에서 남자가 내게 말을 걸어오리라고 기대하는 건 무리다. 독자가 액면 그대로 읽어주기를 바라고 쓴 글은, 말도 안 되는 큰 거짓말을 안고 있다. 그걸 깜빡 잊고 글 쓴 이의 의도대로 읽어버린 독자는 얼마 안 있어 배신감과 마주하게 된다. 자포자기라고 할까, 지극히 당연한 응보인 것이다. 그렇긴 하지만 이 장소에 이렇게 오게 된 이상, 여기서 접할 수 있는 Q마을에 대한 정보를 세 번째 파일 빈 페이지에 조금이라도 덧붙이고 싶은 은밀한 욕망은 남아있다.

목표로 한 것을 찾기 위해 주위를 둘러본다.

나뭇잎이 거의 다 떨어진 가주마루 나무가 한 그루, 기운 채로

---

14 신사나 절에 참배하기 위해 만든 길.

서 있는 것이 눈에 들어왔다. 무성하게 솟아난 억새 이삭에 어깨를 간지럽히며, 다리에 감겨오는 말라버린 가지를 밀어내고 바짓단에 들러붙는 갈퀴덩굴 가시를 신경 쓰면서 가까이 다가갔다. 살벌한 억새의 바다 가운데, 가주마루 나무를 둘러싸듯. 그 바로 앞에 엷은 핑크색 꽃이 핀 일일초ニチニチソゥ[15]가 잡초를 밀어내고 서 있다. 그 잎 사이로 겹겹의 작은 잎을 한 야생 목단 무리가 서로의 몸을 비벼대며 얼굴을 내밀고 있다. 금방이라도 속삭일 것만 같은 풀꽃의 풍취. 여기는 민가의 정원이었던 장소였을지 모른다. 사람 손을 탄 것 같다. 집터를 잃은 자리에서도 싹을 틔운 풀꽃의 생기에 이끌려 노트를 꺼낸다. 몸을 웅크리고 안쪽으로 들어가 야생 목단 잎들이 줄지어 있는 것을 바라보고 있자니,

거기서, 나와.

흐릿한 목소리가 가주마루 나무뿌리 부근에서 바람에 실려 왔다. 아이 목소리 같은 허스키한 울림. 그런데 모습은 없다. 환청일까. 몸을 웅크린 채로 있으려니,

나오라니까.

강한 어조가 귀를 때리며 날아들었다. 바라보니, 기울어진 가주마루 나무줄기에 몸을 기대듯 서 있는 사람의 그림자. 남자아이이키가와라비다. 초등학교 3학년 정도의 둥근 얼굴에 하얀 피부의

---

15 중남미와 마다가스카르섬 원산의 협죽도과에 속하는 여러해살이 식물. 매일 한 송이씩 피어 일일초라고 일컬음.

소년이 호랑이 문양이 들어간 야구 모자를 쓰고, 양손에 글러브와 공 대신 당초 모양의 커다란 자루를 메고 분연히 서 있다. 둥근 볼을 더 부풀리고 애써 나를 노려보는 듯한 표정이 마치 연기라도 하는 것 같아 살짝 귀엽기까지 하다.

방해된다구, 그런 곳에 앉아 있으면.

뒤로 물러서며 나는 웃어보였다. 소년와라비은 입술을 쭉 내밀며 코를 한 번 훌쩍였다. 계속 웃음기를 띠고 있자니 소년은 하는 수 없다는 듯 입술을 삐죽하며 관찰이라도 하듯 나를 바라본다. 살피는 듯한 시선. 그 시간이 좀 길다. 혹시 이 소년이 Q마을에 대해 말해줄 그 '한 남자'인 걸까? 분명 남자인 건 맞는데.

당신, 그렇게 무방비로 있으면 뒤에서 살해당할걸.

"당하다니, 누구한테?"

당연히 적이지, 적. 살해당하거나 서로 싸우는 상대는 적밖에 더 있겠어?

나는 고개를 움츠린다.

"적이라니, 그런 게, 어디 있다는 거야?"

적이 어디에도 없다고? 바보 같은 소리 하지 마. 적은 언제나 어디엔가 숨어서 이곳을 공격할 틈을 숨죽이고 노리고 있다고.

소년은 진지한 얼굴이다.

예컨대 말이야, 바로 내가 당신의 적이 될 수도 있다고. 자기 자신 빼곤 모두가 적이라니까. 그래서 사람은 한시라도 방심해선 안 돼. 조금 전 당신처럼 등을 보이고 앉아 있으면, 적에게 부디 나를 죽여주세요, 하고 부탁하는 꼴이야. 늘 어디엔가 숨죽이고 숨어 있는 적을 없다고 우기는 녀석은 '눈 뜬 장님'이나 마찬가지라고.

뭐야, 얘는. 적이라고 하질 않나, 살해당한다고 하질 않나. 전쟁게임의 세계로 나를 끌어들이기라도 할 작정인가.

"저기 말이야. 만약에 말인데, 지금 어딘가에 적이 잠복해 있으면서, 내게 싸움을 걸어온다고 해도 싸울 의지가 없는 사람은 공격하지 않는 게 전쟁의 룰이 아닐까?"

역시 어리숙하군 당신은.

"어리숙하다고?"

전쟁을 하는 데는 적의 의지 따위는 아무래도 상관없어. 싸우고 싶으면 나름의 이유를 들이대고서라도 싸우는 법. 그것이 전쟁이라는 것의 실체라고. 빼앗기 위한 전쟁, 죽이기 위한 전쟁, 이유 없는 전쟁, 전쟁을 위한 전쟁, 이런 게 바로 예로부터 끊임없이 계속되어온 전쟁의 정의라는 거라고.

어라, 이 녀석 봐라. 젠체하는 말투라니. 뭐가 전쟁의 정의라는 거야. 한마디 거들려다 참았다. 상황으로 볼 때, 분명 이 남자아이 이키가와라바가 기록에 있던 Q마을에 대해 이야기해 줄 '한 남자'일 가능성이 농후하다. 주위를 둘러봐도 다른 사람이 있을 것 같지도 않고.

"그보다 말이야, 당신에 대해 좀 물어봐도 될까?"

자연스럽게 질문에 들어간다.

……그래, 좋아.

"당신은 어째서 여기 있는 거지?"

소년은 천천히 고개를 들어올렸다. 깊이 눌러쓴 야구 모자 챙 안으로 슬그머니 나를 올려다본다. 촌놈 치고는 드물게 깊은 눈매다.

"그러니까, 그게, 마을 입구에, 이곳에 들어오지 말 것, 이라는 경고문이 있었는데. 그거 봤어? 너, 혹시 글은 읽을 줄 아니?"

소년의 얼굴이 굳어진다.

"그게 아니면, 읽을 줄은 아는데 의미를 모르거나, 그런 거야? 아직 초등학생 같은데 말이야, 발을 들여놓지 마시오, 라는 문구는 초등학생들은 아직 배우지 않았을지 몰라. 옛날 말투기도 하고 그렇지?"

그것 참 시끄럽네, 당신 말이야.

갑자기 히스테릭한 성난 목소리.

어째서 당신은 나를 초등학생이라고 확신하는 거지? 어째서 내 언어능력을 무시하는 거냐구.

"아, 그런 게 아니고, 다만, 그냥 보기에 그렇다는……"

보기에 그렇다는 게, 무슨 소리야.

"그, 그러니까……"

변명하려고 해도 소용없어. 나를 바라보는 당신의 눈은 편견으로 가득 차 있어, 보기에도 그런데 뭘. 난 말이야, 이렇게 보여도 말이야 언어능력은 당신하고 비교가 안 된다구. 고어도 한시도 한글, 산스크리트어梵語, 페르시아 문자, 산스크리트아스테카 고대문자……당신이 듣도 보도 못한 민족의 마이너리티 언어도 말이야, 한 번만 들으면 이해할 수 있다구.

어라, 허풍이 장난이 아닌 녀석이다.

진짜라구, 난 그런 존재로 태어났다구. 당신 따위와는 차원이 다르지.

"어떻게 다른데?"

쳇, 당신처럼, 단조롭고 애매한 소제국小帝国 문법에 촌스런 섬 사투리를 드문드문 섞어서 내 목소리를 기술하려는 녀석이, 인간의 아이덴티티와 관련된 신성한 언어 문제를 겉으로 보이는 나이 따위로 가늠하려 들다니.

혁, 이런 촌놈 같으니라구, 나의 가장 아픈 곳을 찌르다니. 소제국 문법에 마이너리티 언어, 아이덴티티에 신성한 언어 문제, 라구? 허세 떠는 억지쟁이 주제에. 스마트폰 검색해서 벼락치기로 얻은 언어 분류체계나 사상 용어 따위를 줄줄 늘어놓고는 공격 무기로 삼다니. 뭐, 그것만으로도 그냥 허풍선이 촌놈이라 치부할 수 없는 두뇌치부루의 소유자긴 한 것 같다. 조금 흥미가 생기지 않은 건 아니지만, 상대 안하는 편이 좋을 것이다. 무관심한 척 하고 있으려니,

당신 말이야, 나한테 트집 잡기 전에 스스로나 돌아보지 그래. 당신이야말로 들어오면 안 되는 곳에 아까부터 들어와 있잖아.

반격 당했다. 잠자코 있다간 그대로 당할 판이다.

"그보다, 저 말이야, 네가 갖고 있는 그 커다란 자루에 뭔가 들

어 있는 거야? 나 아까부터 좀 신경 쓰이는데."

화제를 슬쩍 바꾸자.

와라비가 눈을 부릅뜬다. 꽤 진심이다.

그런 식으로 말이야, 있었던 일을 없었던 일로 하거나 멋대로 왜곡하는 거, 살아있는 인간들의 제일 크고도 제일 나쁜 죄악이잖아.

별안간 으름장을 놓는 목소리로 와라비는 말을 잇는다.

이봐, 전쟁은 예나 지금이나 여기저기서 계속해서 벌어지고 있잖아. 당신에겐 보이지 않는 거야? 들리지 않는 거야? 저 봐, 저 보라고, 저 하늘에 유유히 날아가는 여러 개의 검은 그림자는 관수리[16] 같은 게 아냐. 적을 정찰하는 전투기잖아. 저게 보이지 않는다면, 역시 당신 눈은 그냥 장식일 뿐이야. 내게는 똑똑히 보여, 분명하게 들린다구. 저 검은 그림자 뒤에서 팔락팔락 지폐를 세고 있는 놈들의 득의양양한 미소와 커다란 웃음소리도 말이야…….

허둥지둥 나는 노트를 쥐었다.

그래, 겨우 알았냐. 이 몸이, 여기서 너를 만나기로 되어 있던 '한 남자'란 말이지. 미안하게 됐네, 이렇게 조그만 이키가라서.

보쿠ボク라고 하더니 어느 틈엔가 오레オレ라고 말하고[17], 갑자

---

16 매목수리과의 조류.

17 '보쿠(ボク)'와 '오레(オレ)'는 남자들이 자신을 일컫는 말인데, '오레'의 경우, 친한 사이나 아랫사람에게 주로 사용.

기 섬 사투리가 섞인 말투. 별 수 없으니 당신의 기술 능력에 맞춰줄게, 라는 듯한 이키가와라비의 기세가, 초목을 와삭와삭 흔들고 마음을 술렁술렁 술렁이게 했다.

천천히, 와라비가 양손에 늘어뜨리고 있던 자루를 풀숲에 내려놓았다. 가주마루 나무 왼편 흙더미 위에 주저앉아, 검지로 땅을 가리킨다. 너도 여기 앉으라는 몸짓. 지시에 따라 나도 풀숲에 책상다리를 하고 앉아, 무릎 위에 노트를 펼친다. 그리고 뻐끔뻐끔 움직이기 시작한 이키가와라비의 입가를 가만히 바라본다.


보다시피, 이곳엔 풀과 나무 외에는 아―무 것도 없―어, 그저 벌판일 뿐이지.

가늘고 길게 남북으로 휘어진 섬 딱 한가운데에 자리 잡은 곳이야. 사방이 바다에 둘러싸인 섬인데도, 바다가 아―무 데서도 보이지 않―아. 아, 저 바위산에 올라가도 안 돼, 전혀 안 보인다구 바다 같은 거. 당신은, 지금 갑자기 대지진이 일어나서 쓰나미 같은 게 덮쳐온다면, 단번에 우지끈 숨통이 끊어져버릴 것처럼 해발고도가 낮은 섬인데도, 아―무 데서도 바다가 보이지 않는다는 건 되게 이상하다, 라고 생각하겠지. 이 마을은 대체, 섬 어디쯤에 있는 걸까 하고. 그렇지만 그게, Q마을이 Q마을일 수 있는 이유랄까. 아, Q마을의 Q라는 건, 수수께끼 정도의 의미인 모양이니 특별히 깊은 뜻은 없어. 내친 김에 내 이름은 나칸다카리 스에키치仲村渠末吉. 9형제 중 막내라 스에키치래. 낳아준 부모가 지어준 이름이라

딱히 불만은 없는데, 그 이름 덕에 내가, 이런 역할을 맡는 처지가 되어버린 걸 어떻게 생각해야 좋을지, 좀 고민은 된다만. 아, 이런 역할이라는 건 이 몸의 이야기를 마지막까지 들어준다면, 알게 될 거야.

그보다 당신은, 요즘 같은 세상에 형제가 아홉 명이나 된다는 건, 저출산 시대에 맞지 않는 비상식적인 일이라 생각하겠지. 그런데 말이야, 내가 자란 환경 같은 데서는, 정말 흔한 일이었다구. 아홉 명이든 한 다스든 줄줄이 낳는 거야, 계획이고 뭐고 없이. 낳는다기보다는 애를 가졌다고 표현해야겠지, 여자들이나군차 입장에서는. 나라 상황에 세뇌된 남자들이키간차의 욕망대로. 뭐, 음, 말하자면 이 몸도, 일단 그런 이키가들 중 한 사람이지만. 어쨌든 나는, 9형제 중 막내인데다 하릴없이 밥만 축내는, 있으나마나 한 존재라서 이런 귀찮은 역할을…….

아, 내가 자란 환경이라는 건 어느 시대의 어떤 환경이냐고. 음 — 굳이 따지자면 지금이랑 비슷한 옛날이랄까. 응, 그래서 당신이 궁금한 건 Q마을에 정착한 동지싱카 얘기겠지. 쉽게 말하자면, 역사의 뒤안길에서 살아가는 패거리 말이지. 야쿠자라고까진 할 수 없지만, 세상의 눈으로 보자면 꽤 비슷한 타입일지도. 역사의 무대에서 벌어지는 일들은 납득할 수 없다며, 도당을 짜서 지하에 숨어든 무리들이니까. 지상에서는 어떻게 해도 잘 안 풀리던 동지들싱카누차이, 어떤 '비밀 계획'을 내걸고 결집한 게 그 마을의 시작이라는 거야. 응, 그건 당신이 가지고 있는 파일에도 적혀 있는 대로야. 그 Q마을을 만든 싱카누챠를, 오늘은 이 몸이 특별히 당신과 만나게 해줄 거야……. 앗, 안 돼. 손에 든 그 노트랑 펜은, 그 갈퀴덩굴 가시 위에라도 던져버려. 응, 그건 안 가져가는 게 나아. 그런 걸 보게 된다면, 그 녀석들은 아무 말도 하지 않을 테니까. 아니, 모습조차 보여주지 않을 거야. 그러니까, 빈손으로 몸만 가는 거야, 그 녀석들의 이야기를 듣고 싶다면. 응? 아니아니, 내가 들고 있는 이 자루의 짐은 두고 가면 안 돼. 이건, 당신의 노트나 펜 따위보다 훨얼씬 도움이 될 테니까. 무슨 도움이 되냐고. 그야, 이 한없이 일그러진 세계를 변혁하기 위해서지.

그래, 사실 여기가 진짜 Q마을의 입구야. 아까 팻말이 세워져 있던 장소는, 세상에 눈속임하기 위한 거고. 누구나 반쯤 재미삼아 이곳에 들어올 수 있다면 곤란하니까, 어느 정도 사람을 가리긴 해야 하거든. 이미 여기 들어와 버린 당신은, 어떤 의미로는 선택받은 자가 되는 거겠네. 뭐, 그게 당신에게 좋은 일일지 나쁜 일일지는 내가 알 바 아니지만. 나는 내 역할을 다할 뿐이야……. 자, 봐봐, 이 가주마루 나무 근처 흙더미가, Q마을로 들어가는 문이라는 거지. 이렇게 이 나무줄기를 저쪽으로 쓰러뜨리면……어이, 당신, 거기서 멍청히 서 있지만 말고 좀 도와줘. 힘이 좀 필요하거든 이 일은. 이걸 저쪽으로 밀어 넘어뜨리기만 하면 되는 거지만……쭉쭉쭉……빠직 소리 났다, 이거 봐, 비어 있잖아. 이 쩍 갈라진 구멍이 Q마을로 이어지는 통로란 말이야. 좀 봐봐, 바로 눈 아래에 돌계단이 있지, 여기로 내려가는 거야. 조심해, 멍청히 있다간 미끄러지니까. 천천히, 천천히, 욘나—도—천천히. 서두를 필요 없어, 시간은 많아. 점점 어두워져서 앞이 잘 안 보이게 되겠지만, 가다보면 눈이 익숙해지거든……아, 무서워하지 마, 이 몸께서 제대로 안내해줄 테니까, 당신은 잠자코 나를 따라오면 돼, 괜찮아, 괜찮다니까, 그렇게 쫄지 말라구. 뭐 저승길 가는 것도 아닌데.

지금은 뭔가 보이지? 이제 슬슬 눈이 익숙해졌을 거야.

허, 아직 아무 것도 안 보인다구……야단났군, 당신 생각보다 되게 눈이 나쁘구나. 시력이라기보다는 마음의 눈이 말이야. 마음의 눈이 나쁘면 바로 눈앞에서 벌어지는 일도 전혀 못 보거든. 정말 난감하네. 뭐? 눈은 나빠도, 귀는 비교적 괜찮다고? 아 그래, 그건 다행이네. 듣는다는 건, 눈으로 보는 것보다 진실을 깨닫는 데 있어서 무지 중요한 기능이니까. 그러면, 바로 당신 뒤에, 당신 엉덩이에 딱 맞게 패인 커다란 돌이 굴러다니고 있을 거야. 그래, 거기, 거기에 앉아서, 정신 차리고 귀 기울여 가만히 내 목소리를 들으면 돼. 그러면 지금은 안 보이던 것도 보이게 될 테니까, 그러다 보면.

그래, 여긴 좀 환기가 안 돼서 축축하네. 햇볕이 들지 않는 지하니까 할 수 없지. 그렇지만 공간적으로는 꽤 넓은 곳이야. 아, 종유동鐘乳洞[18] 같은 건 아니야. 여긴 자연적으로 생긴 구덩이가 아니거

---

18 석회암 속의 층면에 따라 흐르는 지하수의 용해 작용으로 생긴 동굴.

든. 싱카누챠가 밤낮으로 판 인공적인 마을이니까. '공안公安'이나 '민병民兵'이나 'GHQ'에게 발각되지 않도록, 몇 년이고 몇 년이고 몰래 판 거야. 아, '민병'이니 'GHQ'니, 대체 언제적 얘기냐고. 아니지 아니지, 그렇게 옛날 얘기는 아니지 말이야, 아주 생생한 얘기잖아, 특별한 시대의 얘기가 아니라구 이건. 민중이 멍청히 방심하고 있다면 언제든 모습을 드러낼 세계의 뒷조직이잖아. 싱카누챠 말로는, 그게 적의 별명이라는 모양이야. 다시 말해서 Q마을이라는 건 수수께끼기는 하지만, 적에게서 몸을 지키는 보호구역, 싸울 준비를 위한 요새 같은 곳이기도 하다는 거야, 쉽게 말하자면.

아, 뭔가 딱딱하고 차가운 것에 둘러싸인 것 같은 기분이 든다고? 그럴 거야, 여긴 울퉁불퉁한 바위로 만들어진 움집이니까. 웅, 이 거칠고 딱딱한 바위 위에서, 싱카누챠 그 녀석들은 매일 밤 잠드는 거야. 와신상담의 마음으로. 웅? 누구에 대한 복수심이냐고 묻는 건가. 그야 물론 적에 대해서지. 어떤 적이냐고. 음― 그게, 곤란하게도 좀처럼 모습을 보이지 않는 적이라, 그게 싱카누챠의 고민이기도 했어. 이 진지에서 여러 가지 작전을 세워서 공격 준비를 한 것까진 좋은데, 적이 어떻게 나올지 전혀 모르겠는 거야. 그래서 공격 방법을 찾을 수가 없어. 저 말이야, 정체를 알 수 없는 적과 싸우는 것만큼 귀찮은 게 없다구. 적이 거기 있는 건 분명한데 어떻게 나올지 읽을 수 없다는 건, 쭈욱 기다리는 수밖에 없으니 그야 큰일이지. 되―게 힘든 일이야. 그치만, 아무리 되게 힘든 일이라도, 싱카누챠는 도망칠 수 없었어. 부모우야형제초데나 할머니,

할아버지, 친구들두신챠의 원한을, 잊을 수는 없었던 거야. 그래서, 보이지 않는 적과 싸울 그 때를 위해, 최신 아이디어를 구사해서 고안한 면밀한 훈련을, 혼신의 힘을 기울여서 몰래 진행했어. 매일 빼먹지 않고 꾸준히 참을성 있게…….

어— 당신, 아까부터 꼼질꼼질꼼질 가만히 있질 못하고 엉덩이를 계속 흔드는 게, 어쩐지 나를 재촉할 셈인 것 같은데. 그러니까 아까부터 말했잖아, 그렇게 초조해 하지 말라고. 시간 많다니까. 어? 당신은 시간이 별로 없다고? 다음 예정도 있다고? 흠, 다음 예정이라, 그런 거 있을 거 같아 보이진 않는데, 당신, 보기에는 한가해 보이는 얼굴이라……아, 겉보기로 판단하면 안 되지. 그렇지만 말이야, 서둘러서 줄거리만 이은 뼈만 남은 이야기라는 건, 말의 피와 살을 다 쳐낼 뿐이라 흥미롭지도 않고 전혀 재미가 없단 말이야. 국물 다 우려내고 남은 돼지소키뼈처럼. 그러니 그렇게 꼼질꼼질 엉덩이 흔들지 말고, 좀만 더 참고 내 얘기를 가만히 들어보라니까…….

자, 자알 봐봐.

여기 있는 게 Q마을 싱카누챠의 생활의 흔적이야. 응, 아직 잘 안 보인다고. 에휴, 아직도냐, 아직도 안 보인다는 거지. 허어, 당신 정말로 눈은 장식으로 달고 있네. 그럼, 좀 귀찮지만, 여기서 보이는 걸 내가 하나씩 설명해줄게, 뭐 별 도리가 없으니. 자, 바로 거기 있는 건 진흙투성이 모포랑 갈가리 찢어진 옷이야, 조금 더 저쪽에는, 빈 캔, 깨진 병, 비닐봉지, 녹슨 밥상이라든가, 그런 게 사방에 널려 있고. 당신이 앉아 있는 오른쪽으로는, 물에 불은 골판지 상자 덩어리가 있고, 그 안에서 쇠파이프며 탄피며 다 쏟아져 나와 있는데, 아, 되게 냄새난다. 담배 냄새랑 암모니아랑 방부제 냄새가 썩은 고기 냄새에 뒤섞인 거 같기도 하고, 아직 미끄덩거리는 먹다 남은 컵라면 냄새 같기도 하고, 그늘에 방치된 똥이나 오줌에 썩은 진흙 먼지 냄새를 뒤섞은 것 같다고 할까, 그런 냄새. 코를 찌르는 듯한 죽음의 냄새……그래, 여기 남겨진 이 냄새 자체가, Q 마을 싱카누챠가 여기서 살았다는 증거라는 거야. 아무리 시간이 흐르더라도, 남는 것은 있어. 아주 새로운 것에 뒤섞여 파괴되어버린 것도 지워져버린 것도, 냄새로는 남지. 시간 저 너머에 방치되어 잊혀진 기억 속의 풍경이나 소리도, 사람의 감각으로서 되살아나는 거야……어이, 당신, 그 손 떼, 손 떼라고. 코 막지 말란 말이야. 당신은 마음의 눈이 전혀 안 보이니, 귀에만 의지할 수는 없으니까, 그 코를 제대로 활용해야 할 것 아냐. 안 그러면, 봐봐, 중요한 이야기가 언제까지나 보이지 않을 거야. 응? 이 냄새, 도저히 못 참겠다고……아, 진짜, 무지하게 냄새 난다. 사실 나도 점점 힘들어지는데. 그래도, 조금만 더 참아. 후각이라는 건 오감 중에서 제일 먼저 마비되는 기관이라니까 곧 익숙해질 거야. 이제 곧 이 썩은 냄새도 향기로운 냄새가 될 테니까. 어이, 당신 코만 벌름거리고 있지 말고, 이 냄새를 자알 맡아야 해. 제대로 맡고 상상력을 펼치지 않으면, 싱카누챠의 목소리도 모습도 당신에게 가 닿지 않아. 그렇게 되면, 모처럼 여기까지 날 따라온 의미가 없잖아.

그래, 자, 이제 적당히 이쯤에서, 당신과 그들을 만나게 해줄게. 어지간한 당신 눈에도 슬슬 조금쯤은 주변이 보이기 시작했을 텐데. 그래그래, 어쨌든 아주 흐리게라도 보이기 시작했다는 거지. 그건 무엇보다 다행이네. 잘 됐다. 안 그러면, 언제까지나 쓸데없는 말만 질질 불려놓아서, 글자 수만 늘어나고 난감하게 되었겠지, 정말로…….

봐, 저기 데굴데굴 굴러다니고 있는, 저 하얗고 둥그런 것.

그래, 저게 그들이야. 저 중에는, 멍청하게 싱카누챠의 작전에 넘어가서 여기 끌려온 적도 몇 명인가 섞여 있다고는 하더라. 아, 이렇게 되면 어느 게 적이고 어느 게 그들인지 이제 구별이 가지 않네. 아니, 잘못 본 게 아니야, 저건 당신의 눈에 비친 대로야. 그러네 저게, 얼마나 있는 걸까. 세어본 적이 없어서 정확한 머릿수는 모르겠지만, 두 자리 수 정도까진 아닐 거야 저거, 겹쳐있는 걸 보면. 웅? 저런 식으로 지하에서 데굴데굴데굴 얽혀 굴러다니는 걸 보자니, 적이고 아군이고 없이 화기애애하고 사이좋게 장난치는 걸로 보여? 흐뭇하게 느껴져? 저렇게 되어버리니까 왠지 안타깝고 애처로운 기분이 든다, 이건가. 어— 당신 설마, 저것들이 하얗고 아름다운 장미꽃밭으로 보이는 건 아니겠지……이봐, 혹시 그렇다면, 굉장히 위험한 거야, 아, 위험해 위험해. 더러운 걸 아름답게 보여주거나, 냄새나는 것에 뚜껑을 덮거나 하면 역시 안 된다구. 더러운 건 더러운 거고, 냄새나는 건 냄새나는 거야……아, 그렇다면, 아까 내가 말한 썩은 냄새도 향기로 변한다고 했던 그 말은, 지금 여기서 분명하게 정정해야만 하겠네. 안 돼 역시, 무엇이든 미화하는 건, 응, 안 돼, 안 되는 거잖아.

그래, 싱카누챠는 모두 여기서 최선을 다했어. 아니 아쉽게도, 적과 싸우는데 온 힘을 다 했다는 게 아니야. '특별한 훈련'은 면밀하고도 용의주도하게 준비가 다 갖추어졌고, 남은 건 이제 결행뿐인 상태였는데, 상대는 아무리 기다려도 모습을 보이지 않는 비겁한 검은 적이었으니, 결국 결행할 기회는 끝까지 오지 않은 채로 시간만 헛되이 흘렀고, 그 사이 식료품과 물이 다 떨어져버려서 싱카누챠는……. 응? 그렇게 되기 전에, 왜 먹을 것을 구하러 여길 나가지 않았냐고. 응, 그건 이 구덩이 바로 위가, 적의 진지였기 때문이야. 섬에 자리 잡은 넓은 적의 기지가, 이 바로 위에 딱 진을 치고 있었어. 나가면 예외 없이 발각돼서 한 방에 탕……몸을 숨길 틈 따위 없지. 그러니 싱카누챠는 여기서 꼼짝없이 몸을 숨기고 있을 수밖에 없었어. 그래서 수 십 명의 싱카누챠 뱃속은 텅 비게 되었고……이미 '훈련'같은 걸 할 상황이 아니라……사람의 코를 썩게 하는 이 냄새만 남게 된 거야. 아, 정말로 불쌍하지 않아? 아냐 아냐, 당신은 그들을 불쌍하게 여기기만 해서는 안 돼. 남 일이 아닐 수도 있으니까…….

그런데 말이야 싱카누챠가 이렇게 되어버렸다고 해서, Q마을이 흔적도 없이 사라졌던 건 아니야. 그들이 죽기 직전까지 끈질기게 계속했던 '비밀 계획'의 모든 것이, 자, 여기에 있어. 그래, 이거 말이야. 이 두 개의 자루 속에 들어 있는, 다 찢어지고 누렇게 바랜 종이다발. 이 안에, 싱카누챠의 '비밀 계획'은 비밀 그대로 담겨 있지. 그래, 나는 이걸 당신에게 전해주기 위해서, 여기서 당신을 기다리고 있었던 거야. 그러니까 자아, 받아 줘. 이걸로 밥만 축내던 나도, 오랜 세월 짓눌려온 역할에서 겨우 해방되는 거야……. 아, 당신, 그렇게 쫄 일이 아니잖아. 이렇게 받았으니만큼 이건 이제 당신 거니까, 구워먹든 삶아먹든 당신 맘이야.

응? 이게 어떻게 해서 내 손에 전해진 건지, 그 경위에 대해서 말할 필요가 있나? 그런 거, 이제와선 어쨌든 상관없는 일이잖아. 당신이 왜 이런 곳에 나타나서 이렇게 내 얘기를 듣게 됐는지에 대해서도 마찬가지고.

# Q마을 전선b

썰렁하고 어두침침한 지하 구덩이.

바로 전까지 곁에 있던 남자아이 이키가와라비의 목소리가 뚝 끊기고, 야구 모자를 눈까지 깊이 눌러쓴 모습도 사라졌음을 문득 깨닫는다. 쭉 들려오던 목소리가 사라진 후 공기의 균질감이 거북하다. 지하의 습한 어둠에 마음을 가라앉히고 있자니, 눈이 익숙해진 건지 바위 틈 어딘가에서 빛이 새어 들어오는 건지, 주변을 둘러볼 수 있을 정도로 희미하게 밝아지기 시작했다.

바위 천정은 의외로 높고 넓다. 느린 공기의 흐름 때문에, 구덩이 안이 깊고 꽤 멀리까지 이어져 있다는 걸 알 수 있다. 바위 벽 곳곳에 사람이 그린 듯한 무슨 낙서 모양이나 문자가 새겨져 있다. 발밑에는 울퉁불퉁한 자갈밭. 거뭇거뭇하게 이어진 오른쪽 암벽에 기대듯 작은 산을 이루고 있던 하얗게 빛나는 것이, 희미하게 솟아올랐다. 이키가와라비가 만나게 해준다던 것들이다. 주르륵 위를 향해 누워, 움츠러들고 허리가 꺾이고 머리와 몸통, 팔다리가 떼여 던져진 채, 단단히 경직되어 겹쳐져 산을 이루다가는 무너져, 움집 바닥을 끌어안듯 누운 엄청난 수의 뼈 무더기ㅡ. 조용하다. 영원한 잠에 빠진 것들의 침묵이 공간을 뒤덮어, 물밀 듯이 밀려오는 기세를 나는 가만히 견디고 있다. 빈손을 어째야 할 지 모르겠고, 마음이 차분해지지 않는다. 받아 적으며 자동으로 속기할 수 있도록 늘 들고 다니던 노트와 펜을, 구덩이 입구에 두고 와 버렸기 때문에.

발밑에는 구겨진 자루가 두 개. 이건 당신 거니 구워먹든 삶아먹든 맘대로 하라던 이키가와라비가 두고 간 당초무늬의 자루. 앞쪽에 있던 하나를 연다. 묶여진 종이다발이 몇 개, 아무렇게나 쑤셔 넣어져 있다. 한 개를 집어 꺼낸다. 누렇게 바랜 A4용지가 한 장, 펄럭 떨어져 내린다.


〈훈련3 두 번째〉

첫 줄에, 연필로 쓴 각진 글씨로 그렇게 적혀 있다. 줄을 바꾸어,

〈싸우기 위한……것으로는……목적……이다. 우선……한다……양손을……크게……위에서……한다. ……배……그곳……Y자로……목구멍……들……아슬아……슬 하게 낸다. 힘……주어……옆에서……부터……저……된다……O형으로……오른쪽……으로……찔러……하면……막아……어깨쪽……까지……원을……닫고……눈의…………다.〉

HB연필로 쓴 듯한 글씨 대부분이 뭉개져 있다. 종이다발을 넘겨보았지만, 모든 페이지가 비슷하게 띄엄띄엄한 글씨의 나열이

이어진 상태라, 내용을 읽기 곤란했다.

적혀 있는데도 읽을 수 없는 종이뭉치를 안고, 나는 작은 바위 위에 주저앉는다.

달라붙는 공기층에 숨이 막힌다. 종이봉투에서 남은 묶음을 끄집어내서, 손에 닿는 대로 후루루루룩……. '훈련6 두 번째' '훈련4 첫 번째' '훈련2 다섯 번째'……라 적힌 종이다발을 랜덤으로 넘겨본다. 그러나 아무리 넘겨봐도 딱딱하고 어색한 글씨체로 적힌 문자의 난무가 눈에 들어올 뿐이다. 이 색 바랜 종이다발이, 이키가와라비가 말한 대로 이 구덩이에 갇혔던 Q마을의 동지들이 '비밀 계획' 실현을 위해 짜내고 또 짜냈다는 '특별한 훈련'의 개요라고? 버려진 고문서와도 비슷한 조잡함에 못 미더운 기분이 된다.

다시 기분을 가다듬는다. 우선, 이 종이다발을 훑어볼 수 있는 만큼 보자며 또 한 뭉치, 두 뭉치……. 등을 구부정하게 굽히고 고개를 숙여, 곰팡이가 슬어 있는 종이 냄새를 맡으며 띄엄띄엄 문자의 난무를 좇는다. 무턱대고 종이를 넘기다보니, 어떻게든 읽을 수 있던 글자들 중에, 어떤 공통된 키워드가 있다는 사실을 깨닫는다. 목, 어깨, 허리, 배, 등, 목구멍, 손목, 발끝……이라는, 신체 부위를 나타내는 단어와, 풀어준다, 조인다, 닫고, 차고, 올리고, 내리고, 바로잡고, 열고……등, 동작을 나타내는 말이 끊임없이 기록되어 있다는 점. 상상해보자면, 여기서 말하는 훈련이라는 건 신체의 단련이 아닐까, 다시 말해 이건, 싸우기 위한 근육 단련 메뉴 같은 것은 아닐까. 그렇게 생각했을 때 눈 안쪽이 조여 드는 듯한 아픔을 느끼고, 종이를 넘기던 손을 멈췄다. 눈앞이 캄캄해진다.

―정답입니다.

목소리가 쏟아진다. 올려다보니, 중키에 마른 청년 같은 혼령이, 새하얀 와이셔츠에 산뜻하게 주름이 잡힌 짙은 그레이 슬랙스를 날렵하게 입고서, 나를 덮어씌우듯 서 있다. 이끌리듯 일어났다.

―지금 당신이 상상한 것은, 한없이 정답에 가까운 해답입니다. 그러합니다. 여기서 말하는 훈련이란, 신체 단련을 말하는 겁니다.

굳어 있으려니, 그 혼령은 안면으로 나를 어루만지듯 흔들흔들 고개를 끄덕이면서 목소리를 낸다.

―단지 말입니다, 단련이라고는 해도 단순한 근육 트레이닝이 아닙니다. 정신이라기보다는 의식, 혹은 신경의 트레이닝이라고 하는 편이 좋겠습니다만, 알기 쉽게 말하자면, 인간의 신체에 숨겨진 뇌의 힘을 단련하는 트레이닝인 겁니다.

맑은 목소리가 얼얼하게 뺨에 와 닿는다. 예의바른 말씨가 오히려 위압적으로 울리고, 늘씬하게 선 모습이 확실한 윤곽으로 눈에 보이는데도, 어딘가 존재감이 엷은 녀석이었다. 가만히 바라보고 있는데도 얼굴 생김이나 표정을 잘 모르겠다. 남자인지 여자인지도. 이 녀석, 대체 어디서 온 걸까.

―아니 당신, 저한테 이 녀석이라니, 그렇게 천박하게 부르지

말아주세요. 그리고 저에 관해서 심각한 척 하는 의문을 일일이 드러내지도 말아주세요. 저의 존재감이 어쨌다든가, 남자인지 여자인지라든가, 마지막엔 어디서 왔는지 같은, 그런 경찰이나 검찰이 피의자를 심문할 때 같은 무신경한 질문을 떠올리는 건, 섬세한 이의 마음을 상처 입힐 뿐입니다.

불쾌하다. 이 혼령에게는 내 마음의 소리가 다 들리는 모양이다.

―그래요, 그것도 정답입니다. 저는 당신의 마음의 소리를 읽을 수 있거든요. 지금 당신이 무엇을 떠올리고 무엇을 원하는지, 당신의 의식에 나타난 것은 전부 동시 진행적으로 저에게 전달되는 겁니다.

당황해서 나는 입가를 손으로 누르고, 가능한 한 아무 생각도 떠올리지 않으려고 했다. 상대의 말을 그대로 믿은 건 아니지만.

―아, 조금은 알게 된 모양이군요. 그래요, 그래요. 그렇게 아무 것도 생각하지 않고 아무 것도 떠올리지 않도록 하는 게, 지금 당신이 자신을 지키는 유일한 방법이거든요. 그래요, 당신과 저의 싸움은, 이미 시작된 거니까.

싸움? 이라고 되물으려 했던 나의 마음의 소리를 억누르듯, 그 혼령은 쓱 허리를 굽히더니 가늘고 하얀 검지를 내 입가 근처에 세웠다. 서로의 얼굴을 맞대는 모양이 된다. 너무 가까워서 얼굴 생김은 점점 더 애매해진다. 먼지 냄새 같은 섬의 향 내음이 물씬 코를 찔렀다.

―그래요, 싸움입니다. 그러니 당신은, 눈앞의 적인 저에 대한 경계심을 잠시도 늦춰서는 안 되는 거예요. 당신이 생각해내는 작전은 저에게 전부 간파당하는 거니까요. 아, 그렇게 의아해 하는 표정을 짓지 마세요. 제가 이런 기술을 구사할 수 있는 건, 전혀 이상한 일이 아닙니다. 세계 변혁을 꿈꾸며 이 구덩이에 갇혔던 싱카누챠가 시행했던 훈련의 성과가 이렇게 만들어줬을 뿐입니다. 그러니, 당신이 지금 부주의하게 떠올리는 것은, 적에게 유리한 조건을 스스로 제공하게 되는 것과 마찬가지니까, 적인 제 앞에서는 아무 것도 생각하지 말고 아무 것도 떠올리지 않는 편이 좋습니다. 그렇다고는 해도, 거짓말을 해도 전혀 상관없어요. 오히려 거짓말은 대환영입니다. 거짓말은 싸우기에 제일 안성맞춤인 무기니까요. 그 말인즉슨 고도로 질 좋은 거짓말을 구사할 수 있다면 당신은 저를 용케 피할 수도 있다는 겁니다. 뭐, 그런 능력이 당신에게 있다면 말이지만요.

그 혼령은 조잘조잘 까다로운 말을 계속 늘어놓는다.

―뭐가 까다롭다는 말입니까.

즉각 공격당했다. 나는 후욱 한숨을 내쉰다. 가슴 속에서 억누를 길 없이 솟아나는 생각을 억지로라도 지워버리기 위해.

―이봐요, 당신, 세상의 비밀에 대해 이야기해주는데 그렇게 까다롭다는 말 한 마디로 넘겨버리면 안 되는 거예요. 난폭하게 세부를 잘라버려서 사건을 단순하게 만들어버리는 건 인간의 마음을 경직시킬 뿐, 이 세계를 한층 더 어둡게 만들 뿐 아닙니까. 이해

하기 어려운 타인이나 다른 세계를 인식하는 방법에 대해서는 예로부터 여러 논의가 있어왔겠지만, 그건 그렇다 치고 당신이 지금 어떻게든 저라는 존재를 설명할 필요를 느낀다면, 이렇게 생각하면 될 일입니다. 저는 당신 자신이라고.

하하, 더욱 더 납득하기 어려운 이상야릇한 소릴……아니야 아니야, 이도 저도 그저 듣고 흘려버리면 되는 모양이다. 쓸데없이 따지고 들지 말고 상대방이 말하는 대로 그대로 받아들이는 게 지금은 가장 중요한 거겠지.

—그래요, 그렇습니다. 당신, 꽤 좋아졌어요. 저를 그대로 당신 자신으로서 받아들이는 것부터 모든 게 시작되는 겁니다. 이것으로, 당신과 저는 싸우기 위한 교감이 가능하게 되었어요. 그럼, 갈까요?

어? 이 이상, 어딜……아니야 아니야, 잠깐 드는 의문이고 뭐고 전부 참아야만 해. 그러자 상대는, 후훗 하고 소녀처럼 악의 없는 웃음소리를 낸다. 뭐가 웃겨……아니야 아니야 아니야. 나는 머리를 붕붕 흔들고는, 눈을 꽉 감고 완전히 마음을 비우도록 노력한다.

—그렇지 그렇지 그렇지, 당신, 점점 더 좋아지네요, 후후후후.

—…………….

—아무래도 이 싸움은 저의 승리일 듯합니다. 어쩌면 당신은 굉장히 만만한 상대인 것 같네요. 지금 막 당신은, 마음의 성城을 내주고 저의 지배하에 놓였습니다. 제가 준비한 '점령의 기술'

에 멋지게 걸려들었어요. 아, '점령의 기술'이라는 건 달리 말하면 '유품遺品 나누기 기술'이기도 하죠. 싸움할 때 초동작전인 동시에 마무리 작전이기도 합니다. 싸움은, 무엇보다도 먼저 적의 마음의 틈새를 비집고 들어가는 것으로부터 은근슬쩍 시작됩니다. 적의 마음에 깃든 사랑과 정에 호소하는, 이른바 '친구 작전'과 '연인 작전'으로 상대를 자근자근 공격해 들어가, 감사와 봉사의 정신으로 적의 마음을 가득 채워 심신 모두 남김없이 차지했을 때 종료되는 겁니다. 뭐, 말하자면 선교사의 포교활동이 본보기가 되겠네요. 무엇보다도 이 작전에는 악마적인 위력이 있어서, 눈에 보이는 폭력이나 쇠방망이 같은 것보다 훨씬 높은 확률로 적을 곤경에 빠뜨릴 수 있는, 가장 유효하고도 확실한 작전인 거죠. 덧붙이자면, 이 작전은 '훈련1 첫 번째'와 '훈련7 여덟 번째' 조항에 훈련의 순서와 방법이, 초급부터 상급 편까지 자세하고도 정성스레 기술되어 있습니다. 참고하시기를.

　—…………….

　—어, 아, 이거이거, 웬일이죠. 졌습니다. 항복입니다. 이번에는 저의 패배 같네요. 한순간에 당신에게 당했습니다.

　—…………….

　—침묵이 이긴다는 거죠, 당신. 이건 참으로 멋진 '묵살의 기술'이 아닙니까. 싸우는 상대가 침묵을 지키면, 적은 공격할 말을 잃게 될 뿐이니까요. 적 입장에서는 반격할 틈을 전혀 찾을 수 없게 됩니다. 침묵은 금이요, 말 많고 교묘한 거짓말 따위보다 훨씬

뛰어난 전술이라는 걸, 당신은 '특별한 훈련' 없이도 순식간에 깨달은 모양입니다. 어허 참, 졌네요. 과연 대단하십니다. 아까는 만만한 상대라고 얕본 거 진심으로 사과드릴게요. 만만하기는커녕, 당신은 제가 예상한 것 이상으로 뛰어난 재치의 소유자인 것 같네요. 당신을 싸움의 상대로서 받아들인 건, 올바른 선택이었습니다. 덧붙이자면, '묵살의 기술'은 '훈련5 세 번째'에 상세히 적혀있는 작전으로, 꽤 고도의 테크닉과 수행을 통한 단련이 필요합니다만. 어쨌든, 이걸로 당신과 저의 싸움은 비긴 게 되었습니다. 싸움이 무승부로 끝났다는 건, 이 또한 몇 천 년 이어진 인류의 전쟁사에서도 좀처럼 보기 힘든 하이 레벨의 평화적 종결이지요. 이런 멋진 '전후처리'를 당신과 공유할 수 있게 되어 저는 매우 자랑스럽게 생각합니다. 그렇지만, 오해하시면 안돼요. 싸움의 종결이란, 개전開戰을 뜻하기도 하니까요.

그럼, 이쪽으로.

아, 그 전에.

당신은 지금, 제가 어디에서 왔는지에 대한 의문을 안고 계셨지요. 그렇지만, 이미 벌써 당신은 눈치 채셨을 터입니다. 저는 이 뼈 무더기에서 생겨난 혼령이라는 걸. 그렇다고는 해도, 제 자신이 여기 누워 있는 뼈들 중 하나였다는 건 아닙니다. 이것들과 저의 관계를 설명하기 위해서는, 조금 복잡한 순서와 듣는 쪽의 유연하고도 풍부한 상상력이 필요합니다만, 당신은 차차 저를 체험하게 될 테니, 아니, 이미 당신은 제 자신이니까, 쓸데없는 설명은 불필요하겠지요. 그러면, 오래 기다리셨습니다.

─자, 허리를 살짝 굽혀서, 이 무더기를 헤치고 여기로 빠져나
오세요.

아, 괜찮습니다. 전혀 위험하지 않아요. 뼈 무더기는 때때로 부
분적으로 무너지는 일은 있어도, 살아 있는 당신을 공격하거나 해
치지는 않습니다. 다만 도중에, 당신에게 다가오거나 껴안거나, 여
러 표정이나 목소리로 듣기 힘든 사건들을 호소하는 일은 있을 수
있습니다만, 그건 최선을 다해서 무시하세요. 이미 당신은 '묵살
의 기술'을 익혔으니, 자, 아까 당신 스스로 마음의 소리를 가둔 그
방법으로, 그들의 신음소리나 눈물, 일그러진 표정, 눈짓과 경련,
떨림 모두를 그저 무시하면 되는 겁니다. 안 그러면 당신은 한 발
짝도 앞으로 나갈 수 없어요, 그러기는커녕, 목숨을 빼앗깁니다.
저들에 대한 대책 없는 실낱같은 정이, 그들과 같은 운명으로 당신
을 몰아넣어 결국 보이지 않는 적과 끝없는 전투상태에 빠지게 되
는 겁니다. 그것만큼은 신중하게 피하셔야 해요. 그러는 게, 자기
몸을 희생해서 저런 꼴이 된 저들이 간절히 바라는 것이기도 합니
다. 만약에, 작전이 잘 풀리지 않아 실패하는 사태가 벌어지게 된
다면, 당신은, 보세요, 이들과 마찬가지 신세가 되어버리는 겁니
다. 그와 동시에, 당신과 이렇게 이어진 저 또한 위험에 빠지게 되
니, 부디 그 사실을 명심하고 행동해주세요.

─자, 이제 도착했습니다. 놀랄 만큼 재빠른 도착입니다. 정말
잘 해내셨네요 당신. 디카챵야, 디카챵도참 잘했어요, 참 잘했어요……

아, 또 무슨 소릴. 안심한 순간, 제가 무심코 옛 Q마을 말을 입 밖에 내버렸네요. 큰일이군요, 이거. 이런 야비하고 케케묵은 옛 Q마을 말은, 빈틈없는 훈련으로 제게서 완전히 몰아냈을 텐데 무의식중에 방심해버린 모양이군요. 그렇다고는 해도 난감한 사태네요. 옛 Q마을 말은 질서정연한 N어의 세계를 혼란에 빠뜨릴 뿐인 야만적인 언어니까요, 디카챵이란 말도, 머리치부루만 큰 아카챵아기이라든지, 이런 식으로 말이죠……. 아아, 이 모든 게 당신의 너무나도 훌륭한 '빠져나가기 기술'에 감격했기 때문이에요. 당신은 제가 몇 년이나 걸려 터득한 '특별한 훈련'의 성과를, 순식간에 자기 것으로 만든 데다 이렇게 담담하고 묵묵히 자유자재로 구사할 수 있으니까요. 아아 정말로, 당신은 진짜 무지하게 똑똑해요, 그래요, 멍해 보이는 겉보기와 달리.

이런 식으로 말이죠, 앞으로도 저는 때때로 이성을 잃고 우왕좌왕하다 갑자기 야비하고 케케묵은 옛 Q마을 말을 해버리는 일이 종종 있을 지도 모릅니다. 그렇지만, 이 사태에 관해 당신, 조금쯤은 눈 감아 주시겠어요? 문맥상 다소 혼란은 일어나더라도, 이 정도로는 소제국N의 국어 체계는 애매하게 흔들흔들 주어를 잃은 채로 휘청대더라도, 절대로 무너지는 일은 없을 테니까요. 그러니 당신은, N어에 갑자기 삽입되는 저의 옛 Q마을 말의 파편 같은 건, 모른 척 흘려버리면 되는 겁니다.

내친김에 라긴 뭐 하지만, 조금만 더 제 개인적인 사정을 늘어놓아도 되겠습니까. 사실, 저는 '훈련5 여덟 번째' 훈련과정 중에,

멍청하게도 격세유전을 꾀하던 특권적 N어족語族의 덫에 걸려, 옛 Q마을 말을 완전히 잊고 N어의 정신을 모르는 새 익혀버리게 되었는데, 이제 보니 제 N어 세계에 균열이 일어났다고 해야 할지, 빈틈 같은 게 생긴 모양입니다. 과거의 저를 소각해버리기 위해 이루어진 훈련 성과에 대한 반항심이, 지금 꿈틀꿈틀 움직이기 시작한 것 같아요. 난감한 사태라면 사태겠습니다만, 이는 당신의 '유품 나누기의 기술'이 효과를 발휘했다는 증거, 즉 당신이 제 안에 밀고 들어왔기에 피할 수 없는 영향이라고도 할 수 있을 겁니다. 어떤 의미로는, 크게 환영해야 할 상황인 겁니다. 벌어진 일의 해석에는 늘 안과 겉, 혹은 겉으로도 안에서도 드러나지 않는 깊은 비밀이 숨겨져 있다는 걸 잊지 않도록 해주세요.

덧붙이자면, 제가 완전히 걸려들었던 '훈련5'의 컨셉은, 말하자면 '스파이 대작전'입니다. 잘 아시다시피 이 작전은 '전시'에 쓰이던 가장 상투적인 기술로, 예나 지금이나 다름없이 대활약중입니다. 적을 속이기 위해 적의 언어나 습관을 배워 적인 척 하는 훈련입니다만, 여기엔 한없이 인간 윤리에 어긋나고 불합리한 배신행위가 따라다니죠. 비슷한 고사古事나 실례를 들어보자면, 어제의 친구가 오늘의 적, 사람은 한치 앞을 예측할 수 없다, 이웃의 목숨을 희생양으로 삼아 호화로운 저택에 사는 일족, 사원을 과로사와 자살로 몰아넣으며 마구 실적을 쌓는 기업가 집단, 신민을 몰살시킨 과거의 기억을 말살하고 피해자인 척 하는 전직 군인, 일그러진 국가의 전통 부활을 꾀하는 검은 일족……등등, 차마 들어주기 힘든 사태들을 초래하는 악랄한 방법이지요, 이 작전은. 잘 되면 잘 될수록 죄의식에 시달리는 겁니다. 아무리 모른 척 하더라도, 마음 깊은 곳에 도사린 죄의식은 좀처럼 사라져 주지 않는답니다. 그러니까ㅡ, 저는ㅡ, 매일 밤 매일 밤, 잇페ㅡ치무야 미시요ㅡ가슴이 너무 아파서 챠ㅡ신몰론, 윤라란도ㅡ자지도 못하고, 아이에ㅡ아이에ㅡ나ㅡ아아, 정말 난감해……아아아, 내 정신 좀 봐, 적을 바로 앞에 두고 또 이렇게 한심하게 동요를 다 드러내버리고. 대체, 어디 사는 누구의 아픔이 내 안에 침입한 걸까. 아아, 이런 혼란 상태는 지금까지는 없었던 일인데요. 아아, 챠ㅡ나타가야ㅡ왜 이러지, 나……이런이런, 아니아니아니, 아 진짜, 챠ㅡ나란요아차차…….

이봐요, 이렇게 된 것도 전ㅡ부 다 당신 때문이에요. 아, 아니지요 아니지요, 저는 당신을 탓하는 건 아닙니다. 오해 없기를.

왜냐하면, 당신과 나의 싸움은 무승부에서 시작되었기 때문에, 서로의 몸과 마음의 아픔이 상대방에게 침입해서 상대방의 영향력으로 혼란을 일으키게 되는 건 당연한 일입니다. 그렇다고는 해도 제게는 역시, 참으로 난감한 사태네요 이건. 전쟁터에서, 무심코 속내가 드러나는 옛 Q마을 말 따위를 해버린다면, 갑자기 마주친 당신에게 그랬듯 스스로 적에게 승리를 양보하는 꼴이 되니까요, 틀림없이……. 그렇긴 하지만, 적을 쓰러뜨리는 특급 무기는 뭐니뭐니 해도 언어랍니다. 그 어떤 강력한 핵폭탄, 전투기, 총, 칼보다도, 언어가 지닌 위력은 최대 최강이예요. 그러니 지금 제가 저질러버린 언어의 혼란은, 싸움 장면에서는 절대적으로 불리한

양상을 드러내버리는 꼴이 되는 겁니다. 그러니까— 진짜 큰일이에요, 저는……. 아니요 아니요, 당신은 전—혀 신경 쓸 필요가 없어요. 이건 저만의 문제거든요. 말해두지만, 당신은 결코 쓸데없는 생각을 떠올리지 않도록 하세요. 그런 틈을 보이거나 한다면 지금까지 친밀했던 두 사람의 관계를 망쳐버리게 되니까요.

　—자아, 보세요, 이 축축하고 어슴푸레한 공간을.

　그렇습니다. 이곳이, 싱카누챠가 '비밀 계획'을 위해 설계한 '특별한 훈련'을 위한 도장道場입니다.

　흠, 이게 도장이라고? 울퉁불퉁한 바위 사이에 뼈 무더기가 널려 있을 뿐이고, 특별한 설계도 도구도 아무 것도 없잖아, 라고 지금 당신은 의심하고 계시네요.

　아아, 당신, 그렇게, 살랑살랑살랑살랑 애교 부리는 불독처럼 머리를 흔들지 말아요. 조금 전 의심은 없었던 걸로 해드릴게요. 아주 잠깐의 방심이 마음속 틈새를 만드는 건, 누구에게나 있는 일이니. 봐요, 무심결에 긴장이 풀려서 생각 없이 옛 Q마을 말을 떠들어댄, 아까의 나ワン처럼 말이에요……. 아아, 멍멍이라니, 내가 마치 개라도 된 것 같군요. 기분 나쁜 울림이네요, 자기를 멍멍이라고 말하다니 말이에요……아아, 이러면 주인에게 버림받고 너무 배가 고픈 나머지 먹이를 내놓으라고 짖어대는 개 같네요[19], 진

---

**19** '나'를 가리키는 '와타시(ワタシ)'를 오키나와 섬말로 '왕(ワン)'이라고 발음하는데, 이것을 개 짖는 소리 왕왕(ワンワン)에 빗대어 자조하는 장면.

짜—. 야만적이에요, 역시 옛 Q마을 말은, 인간이랑 개를 동급으로 취급하니까요. 바꿔 말하면, 인간도 개도 똑같은 생명체라는 의미가 담겨 있기도 하지만요……. 뭐, 인간은 늘 긴장 상태로는 몸이 버티질 못한다는 거죠. 지금 저와 당신은, Q마을의 싱카누챠가 몇 십 년의 세월과 소중한 생명을 희생해서 파내려간 비밀 요새기지 한복판에 이렇게 서 있는 거니까, 서로 긴장을 강요당하는 건 당연한 겁니다.

그렇지만, 슬슬 당신은 긴장을 풀어요. 그래요, 느긋하게 릴랙스 하세요. 그렇게 욘—나천천히, 욘—나, 주변을 둘러보세요. 아, 안돼요 안돼요, 욘—나예요, 머리<sup>치부루</sup>를 흔들거리거나 눈<sup>미</sup>를 깜빡대거나 가슴<sup>치무</sup>을 두근대거나 하면 안 돼. 그렇지 그렇지, 깊—이 숨을 들이마시고, 조금—씩, 천천—히, 천천—히, 내쉬고, 내쉬고……그렇지 그렇지 그렇지, 좋아요, 좋아요, 그렇지 그렇지, 욘—나, 욘—나예요. 느긋하게……그렇지 그렇지, 그러다보면, 곧 인간에게 가장 소중한 것들이 많이 눈에 보이게 되니까요.

인간에게 소중한 거라니, 지금 당신 그렇게 생각했죠.

아, 됐어요 됐어요, 또 또, 물벼락 맞은 개처럼 부르르 머리 흔들지 말아요. 당신 모처럼 몸도 마음도 느긋해졌는데, 이러면 도로 아미타불이잖아요. 그러니, 걱정하지 않아도 된다니까요. 이미 여기까지 왔는데, 당신이 마음에 무언가를 떠올리거나 저와 조금 다른 걸 생각하거나 한다고 해서 배신행위가 되는 건 아니니까요. 저는 이미 당신을 전면적으로 받아들였고, 뭐라 해도 당신은 저고, 저는 당신이니까……. 무엇보다도, 지금 당신이 안고 있는 의문은 남을 해치거나 상처 입히는 게 아니잖아요. 그러기는커녕, 당신과 제가 살아남기 위해 제대로 생각해야만 하는 절대적인 테마이자 생명의 문제니까요. 진정한 싸움은, 서로가 언어를 부딪쳐 모든 영혼을 발신하고 교감해서 토론하는 게 이상적인 방법이기도 하고요.

그건 그렇다 치고, 다시 본론으로 돌아갑시다.

그래요, 이제부터 본격적인 훈련에 들어가야 합니다. 알겠습니까, 이제부터가 중요하니까요, 당신은 모든 사념을 버리고 마음을 비워주세요. 심신 일부에서 아주 조금이라도 사념이나 걱정, 얄팍한 상상력에서 오는 비웃음, 굳어버린 선입견에서 오는 우월감, 비굴한 시선 같은 것이 조금이라도 감지된다면, 모든 것이 단번에 붕괴해버리거든요. 부디 그 사실을 명심해주세요.

그러면, 시작하겠습니다.

자, 크게 숨을 내쉽니다. 그리고, 깊ー이 들이마셔요. 느긋하게, 느긋하게, 두근거림을 진정시켜 주세요. 천ー천히 숨을 내쉬면서, 그대로 마야고양이 자세를 합니다……아니, 그게 아니고, 당신 그렇게, 자기 중심, 배꼽 위치가 어딘지도 모르는 사람처럼 자세가 엉망진창이면 안돼요. 손발과 머리가 따로 공중에서 허우적대기만 하고, 비실비실 어디론가 날아가 버릴 것 같잖아요. 아, 마야가 마부야영혼로 들렸나요. 아니야 아니야, 마부야가 아니라 마야예요. 아, 일설에 따르면 마야가 마부이국マブイ国에서 온 사절

이라는 전설이 있어서, 마야의 습성과 마부야의 의식을 연관지어 주장하는 무리들도 있는 모양이지만, 그건 그저 미신이니까 무시하세요.

그럼, 다시 한 번, 처음부터.

자, 당신은 마야가 되는 겁니다. 어라 당신, 그렇게 흔들거리지 말고, 양쪽 겨드랑이를 가볍게 떼고, 허리가마쿠에 제대로 힘을 주는 겁니다. 어깨 힘을 빼고, 등줄기는 가능한 한 똑ー바로, 정수리를 꿰뚫듯이 펴주세요. 마음이 안정되니까요. 그렇게 조용히 무릎을 대고, 예, 네 발로 엎드립니다. 턱을 내밀고, 고개를 펴고, 그대로 지그ー시 등을 젖혀서……그렇지 그렇지, 마야는 이런 느낌입니다. 꽤 좋아요, 당신, 교태스럽고 골골골 냐옹 하는 느낌이 온몸에서 배어나오고 있어요. 네, 그렇게 또 천천ー히 숨을 들이마시고, 또 천천히 내쉬면서, 다음은 조개처럼 등을 굽혀볼까요, 지그ー시, 가만ー히 둥그렇게 말고, 그렇지 그렇지, 지그ー시, 지그ー시……네, 이건 좋네요, 한 번에 됐어요. 다음은, 새끼 산양 흉내로 갈까요……아니 이런, 후루룩, 이것도 단번에 해냈네요. 다음은, 망구스가 무는 흉내로 갈게요……다음은, 호박새의 날갯짓, 개구리 뜀뛰기로 점점 옮겨 갈게요……자, 이번에는 천정을 돌아다니는 도마뱀의 행진으로 갈까요……그리고, 주정뱅이가 비틀대고 돌아다니는 모습……옆으로 걷는 게걸음……다음은, 실수로 해변에 올라와버린 방향치 바다뱀의 꾸불텅대는 움직임입니다. 자아, 목을 부드럽게 만들어요. 머리를 다리 사이에 넣고, 등을 비틀고, 꾸불꾸불, 좀 더 꾸불꾸불……그렇지 그렇지, 그렇게, 천—천히 몸부림치면서, 슬슬슬 무릎걸음으로 물속으로 들어갑니다아. 자—, 이곳은 드넓—은 바다입니다. 당신은 지금 이유물고기가 되었습니다. 갑자기 버들치처럼 헤엄치라고 해도 그건 너무 아름다워서 꽤 고도의 기술이 필요하니, 미준정어리[20]의 파닥파닥 댄스부터 시작하지요……그렇지 그렇지 그렇지, 파닥파닥파닥……아, 좋아요, 미준의 귀여움을 굉장히 잘 살리고 있어요. 잘한다, 잘한다……어라, 진짜로, 당신, 유—디키툰도—잘하네, 야—누이야, 미준우두이야미준댄스, 후이후이시휘휘휘, 치비라—산도—멋지다……이 얼마나 감동적인 장면인지요. 제가 체득한 훈련의 성과가, 이 정도 초보단계에서 당신에게 쉽게 전수되다니요. 핫사미요—와, 야—아당신, 막투진짜로, 데—지나엄청, 스구리문야사야—우수해요…….

  덧붙이자면, 이 훈련은 '변신술' 혹은 '카멜레온의 기술'이라고 불리고, '훈련5 일곱 번째' 중에 미묘하게 몸을 움직이는 테크닉이 하나하나 상세하게 적혀 있습니다. 신체 운동이 서투른 분은 참고해주세요. 아니요 아니요, 당신은 이미, 기록을 읽을 필요가 없습니다. 이미 멋진 재주를 익혔으니까요.

  이 훈련은 대체 뭘 위한 걸까, 라는 생각을 하셨나 보네요, 당신. 아, 괜찮아요, 되풀이해서 말씀드리지만, 앞으로 당신의 어떤 의문

---

20 오키나와 등지에서 주로 포획되는 조기어류 청어과 물고기를 일컫는 오키나와어.

도 받아들이겠습니다. 당신의 의문은 곧 제 것이기도 하니까요.

　자, 이렇게 '카멜레온의 기술'을 자기 것으로 만들면, 변환이 자유자재라 어디로든 이동할 수 있지 않겠습니까. 즉 이 몸가짐의 기술은, 때와 장소를 가리지 않고 적의 진지에 침입해서 종횡무진 스파이 활동을 해서, 적의 정보를 우리 편에게 전달하기 위한 변신술이라는 겁니다. 그뿐만이 아니에요. 근본적인 뜻은 그렇지만, 이 기술의 본래 목적은 따로 있습니다. 인간이 인간으로서 살아가기 위해 가장 중요한 부분, 그래요, 이해하기 어려운 타인에 대한 상상력을 단련하는 훈련입니다. 풍부한 상상력은 신체의 움직임을 동반할 필요가 있어요. 바꿔 말하자면, 변신 과정에서 곧바로 상대의 생각이나 아픔을 느끼고 몸과 마음 모두 적이 곧 자기자신이라고 여기는 감수성을 기르는 게 목적인 거죠. 적을 내 자신이라고 느낄 수 있는 기술을 익히면, 적의 기쁨은 나의 기쁨, 적의 아픔과 슬픔도 나의 것, 그렇게 느끼게 됩니다. 그렇게 되면 싸움은 단번에 해결되는 방향으로 나아가게 될 테죠. 그래요, 이기지도 지지도 않는 무승부라는 고도의 싸움의 종결을 향해 말입니다.

　이상으로, 당신은 '훈련5'까지 모든 커리큘럼을 통과했습니다. 이걸로 당신은, 싱카누챠의 '비밀 계획' 실천을 향한 첫발을 내디딜 수 있게 된 거예요. 아, 그대로 그대로, 계속하세요. 움직임을 멈추면 안돼요. 게을리 하거나, 대강하거나 대충대충 하지 않도록.

　다음 과정으로 서둘러 넘어가죠. 시간을 낭비해서는 안돼요.

　자, 당신의 마음과 몸에, 지금 이상한 변화가 일어나지는 않나요? 몸 전체의 피부가 새액새액 호흡을 시작하고 텅 빈 마음이 가득 채워지는 듯한 느낌이 들지 않아요? 그렇죠? 들겠지요. 그래요, 이겁니다, 이거. 인간에게 무엇보다도 소중한 것이라는 건.

그렇습니다. 이것이, Q마을에서 농성을 벌이던 싱카누챠가, '특별한 훈련'의 성과로 얻어낸 지하의 생기입니다. 이산화탄소나 암모니아, PM2.5, 인류 멸망의 위험도가 높은 방사성 물질 등, 문명이 만들어낸 독물이 섞이는 걸 방지하는 생명의 기체입니다.

그러니, 자아, 당신은 마음과 몸을 좀 더 열어주세요. 폐를 크게 열고, 깊—이 호흡을 하고, 지상에서 흡입했던 독소를 빨아내주니까요. 그리고 그들이 흘려보내는 달콤하고 맛있는 생명의 공기를 당신이 받아들이는 겁니다. 그러면, 지상의 오염물 때문에 둔해졌던 감각이 본래대로 인간의 것이 됩니다. 그런 장치예요.

응? 쭉 긴장을 강요당하고 이것저것 당한 거에 비해서, 너무나 장치가 단순해서 어이가 없고 왠지 바보 같다고요?

이봐요, 바보 같다니 무슨 소리예요. 단순한 건 당연한 겁니다. 인간이 살아간다는 건, 단순하면서도 복잡하고, 복잡해 보여도 실은 단순한 거니까요. 그렇다고는 해도, 싱카누챠는 무엇을 위해 자신의 생명을 희생하면서까지 이런 장치를? 그렇게 묻는 것도 우문이에요. 하지만 이건 Q마을의 윤곽과 존재 이유를 보다 잘 보이도록 제대로 답하도록 하죠. 그건 앞이 보이지 않는 불안의 주머니에 가둔 채, 당신을 여기까지 끌고 와버린 제 책임이기도 하니까요. 이제부터 저는, 당신이 지금 가장 알고 싶어 하는 것에 대해 말할 작정입니다. 겨우 그게 가능한 지점까지 왔습니다.

결론부터 말할게요. 시간이 없으니까.

길고도 긴 시간과 소중한 생명을 들이고, 몇 번이나 생각하고
또 생각해서 만든 싱카누챠의 '비밀 계획'은, 어떤 시기에 어쩔 수
없이 대폭적인 변경을 해야만 했습니다. 왜냐하면, 이 장소에서 버
티던 싱카누챠가, 정신 차려보니 강대한 적에게 포위되어 사면초
가에 빠져 나가려고 해도 나가지도 못하고, 훈련의 성과를 발휘하
는 것이 불가능해졌던 사정은 'Q마을 전선a'에서 이키가와라비가
말해줬었죠. 저 와라비가 말했던, 식량이 다 떨어져 굶어죽어 뼈만
남았던 싱카누챠가 한 말은 모두 거짓은 아니지만, 뼈에 대한 진실
은 말하지 않았어요. 즉, 이 뼈 무더기는 그저 칼슘, 버려진 유해,
생명의 빈 껍질이 아니라는 사실입니다.

고뇌 끝에 싱카누챠가 도달한 곳은, 인류 싸움의 역사에서는
생각지도 못한 뜻밖의 경지였습니다. 적을 공격하는 것도 내 편을
지키는 것도 아닌, 남몰래 승리의 환성을 내지를 수 있는 전투 기
술을 기적적으로 손에 넣은 겁니다. 방대한 국가 예산을 물 쓰듯
써버린 대국이 고안한 그 어떤 군비력도 미치지 못하는, 그야말로
차원이 다른 고도의 싸움방법을 싱카누챠는 고안해냈던 거예요.
그래요, 그게 이 뼈 무더기인 겁니다. 이들은, 말하자면 토지의 기
억이 응축된 역사의 증인들입니다. 이들로부터 역사와 시대의 편
견에 물들지 않은 제대로 된 기억의 진실만을 추출해서 현재를 살
아가는 사람들의 의식에 주입하는 것. 그것이, 싱카누챠의 싸움을

승리로 이끌 슈퍼 하이레벨 전투 기술의 비법이었던 겁니다.

그렇다고는 해도, 아쉽게도 이들은 공중의 면전에서 그 존재를 호소하지 못하는 침묵의 증인입니다. 즉, 공적인 재판장에서 재판관을 설득할 증언을 할 수 없기 때문에, 그 존재를 증명할 수가 없는 겁니다. 하지만, 이건 얄팍하고 빈곤한 생각일 뿐이지요. 이들은 그저 침묵하고 있는 게 아니기 때문입니다. 이들은 정신이 아득해질 정도로 길고 긴 지하에서의 침묵의 시간이 양성한 기억의 진실이 농밀하게 축적된 뼈들이라서, 단순한 뼈 무더기가 아닙니다. 딱 잘라 그렇게 단언할 수 있는 과학적인 증거가 있습니다.

자, 여기.

이 자루 바닥에 잠들어 있던, 세 권의 노트입니다. 여기에는 노벨상 수준의 의학적 대발견의 증거, 검증 실험 경과와 성과의 기록이 재생 가능한 방법으로 남겨져 있답니다. 시간이 없기 때문에, 그 성과와 실험의 과정을 서둘러 설명하자면, 이런 겁니다. 살아 있는 동안 단련해서 정화된 이 뼈들이 발산하는 기 중에서, Qmr 세포라 불리는 물질을 자칭 천재 과학자인 한 싱카누챠가 우연히 발견하면서부터 모든 게 시작되었습니다. 그렇습니다. 그 기적적인 발견이 싱카누챠의 '비밀 계획'을 실현 가능하게 해주었던 겁니다. 실현을 향한 구체적인 순서는 이렇습니다. 특별한 훈련을 거친 인간의 피부에, Qmr세포—이 공간에 떠다니는 알알이 퍼진 깊디깊은 뼈들의 침묵 속에서, 어둠 속에서 반딧불이 빛을 내듯 일곱 가지 색을 발하며 Qmr세포가 생겨나는 겁니다—를, 특수한 테크닉을 사용해 주입합니다. 주입이라고는 하지만, Qmr세포는 미세한 입자라서 육안으로는 볼 수 없고, 당연히 주사기 같은 걸로도 넣을 수 없기 때문에, 그저 피부 감각으로 느낄 뿐이지만요. 미세한 감각을 통해 세상을 떠다니는 섬세한 기의 흐름을 잘 타고 인간에게서 인간으로 Qmr세포를 주입하면, 이렇게 저와 같은 혼령이 탄생하게 되는 겁니다. 그렇게 지금까지 몇 명의 동지들이 이 도장을 떠나갔는지.

그래요 그래요, 이미 당신도 Qmr세포의 소유자입니다. 지금 당신이 새액새액 기분 좋게 숨을 쉬고, 폭신폭신 충족된 기분을 맛보는 그 행복해 보이는 표정이야말로, 당신이 Qmr세포를 받아들인 무엇보다도 확실한 증거지요.

그럼, 이제 아시겠죠, 싱카누챠의 싸움이란, 계속해서 오물을 빨아들이는 인간들이 만들어낸 세계에서 인간의 마음을 다시 되돌려, 새로운 인간들을 만들어내는 겁니다. 잠깐이라도 방심하면 어둠의 지옥에서 날아오는 적의 독화살로부터 인간을 지키기 위해, 세계를 정화하는 Qmr세포를 지닌 동료를 지상으로 보낸다. 아, 이런 인간들이 점점 늘어난다면, 대체 어떤 세상이 될까—.

그래그래, 여기 오는 동안 당신이 만난, 해변에서 지라바를 추거나, 가주마루 나무 아래에서 말을 걸어온 사람이라든가, 바위 위에서 노래를 부르던 사람이라든가, 아, 이 구덩이 입구에서 여기까지 당신을 안내해준 이키가와라비라든가, 좀 희한한 것들이 있었죠. 그래요, 그들은 Qmr세포를 몸에 지닌 우리들의 동지였던 거예요.

그건 그렇다 치고, 당신이 다시 지상으로 나갈 수 있을지 어떨지, 라고요? 안타깝지만, 그건 제가 관여할 수 있는 부분이 아닙니다. 그보다도, 내가 여기 머물 수 있는 시간은 여기까지 인 것 같아요.

# Q마을 함락

등뼈에 울퉁불퉁 닿는 바위벽에 기대어 꾸벅꾸벅 졸고 있자니, 갑자기 폭발음이 등을 때려 앞으로 쓰러졌다. 잠시 웅크려 안고 있던 머리를 쳐들었을 때, 문득 뇌리를 스치는 말이 있다.

〈바위벽을 따라가라,
안쪽으로, 안쪽으로,
그리하면……〉

보슬비가 촉촉하게 내리던 아침, 막 외출하려다 현관에서 빡빡머리가 건네준 여러 장의 파일 중 하나, 겉표지에 알파벳 한 글자로 구분된 몇 번째인가의 기록 도입부였다. 손에 들고 아무 생각 없이 넘겼을 뿐인데, 페이지 앞부분이 나도 모르는 사이에 뇌리에 각인되었던 모양이다. 파일의 기호가 'w'였나 'p'였나, 아님 'o'였나.

기록이 시키는 대로 섬을 도는 여행을 시작하고 나서, 얼마나 시간이 흐른 걸까. 시간 감각이 불안정하다. 다가오는 모든 것이

어딘지 수상쩍고, 이 몸이 가는 곳마다 믿을 수 없는 일만 가득. 방금 전 폭발음이 환청으로 여겨질 만큼 주변은 고요함으로 뒤덮여 있다. 높게 쌓여 산을 이루고 있던 뼈 저장고에서 빠져나온 건 알겠는데, 둘러보니 뼈 무더기는 흔적도 없고, 계속 나를 점령하고 '비밀 훈련'을 실시하던 청년풍의 혼령도 기척조차 없다. 나 홀로 축축하고 어슴푸레한 고독감 속에 남겨졌다. 올록볼록한 주름이 구불구불 이어져 있고 흑갈색으로 칠해진 지하 구덩이 암벽에 둘러싸여 있다. 표피가 날름 벗겨져 뒤집힌 내 몸의 내부에 갇혀 있는 것만 같다.

어디에선가 귀를 간지럽히는 진동음이 전해졌다.

드, 드드, 드드드드, 드드, 드드드드, 드드, 드드드드드드드드……. 작게 끊겼다가 다시 이어져, 점점 굵고 빨라진다고 생각하면 느려져서 끊겼다가 다시 이어지고, 드드, 드드, 하고 이어진다. 저편에서 보내오는 모스부호처럼도, 억눌린 작은 북의 연타소리처럼도 들리지만, 출구 없는 구덩이 벽에서 소리가 울려 퍼지는 거겠지, 음원의 방향을 알 수 없다. 귀를 기울이고 있자니 그새 작아지더니 멀리 사라졌다.

암벽을 따라 걷기 시작한다. 발밑은 흙투성이 이끼가 자라난 돌멩이길이다. 때때로 미끄러져 버릴 듯해서 살살 걷는다. 안내인이 사라진 구덩이에서 혼자 걷자니 정처 없이, 앞으로 나아가는 만큼 깊은 바다에 한 발짝씩 몸이 가라앉아가는 감각에 빠져든다. 되돌아갈 구실을 찾을 수 없다. 떠오르는 언어가 지시하는 대로, 구덩이 안쪽으로 안쪽으로, 하염없이 걷는다. 그리하면……에 이어지는 메시지를 확인해야 한다는 강박감에 서두른다.

톡. 정수리에 닿는 것이.

올려다보니, 천정 한 지점에서 창백한 빛이 작은 소용돌이를 만들고 있다. 주욱 머리를 젖혀 바라보았다. 이마에 하나. 오른쪽 볼에, 톡. 톡. 토독. 미지근하고 희미하게 풀냄새가 나는 물방울이다. 점점 떨어지는 속도가 빨라진다. 똑똑똑, 토토토토톡……. 빛의 입자가 물방울 모양으로 변해 다급하게 떨어지는 듯하다. 등을 쭉 뻗어 무심코 그쪽으로 손을 뻗었다. 바위 천정에 숨어 사는 변화의 '그것'이 빠른 어조의 작은 목소리로 말을 걸고 있는 듯한, 그런 기분이 들어서. 그러나 응답할 도리가 없다.

얼마나 걸었을까.

크게 입을 벌린 고래의 식도를 연상케 하는 공동空洞이, 돌기가 있는 세로 주름을 새기며 조금씩 끝으로 갈수록 가늘어져 간다. 앞으로 나아가는 만큼 막다른 곳에 몰리는 듯한 느낌이 강해졌지만, 어느 정도 공기의 흐름이 빨라진 기분도 들어서 어딘가로 통하는 통로가 가까워졌을 지도 모른다. 발걸음을 빨리 하려고 했을 때, 오른쪽 바위벽에서 눈꼬리를 어루만지듯 스윽 가로지르는 그림자가. 무의식중에 몸을 뒤로 젖혔다. 스르륵. 상당한 스피드로 앞질러간다. 이끌리듯 따라가려 하자, 딱 멈추어 서서 휙 돌아본다. 엷게 흔들리는 사람의 그림자. 뒷걸음질 치면서 눈을 피했다. 부스스한 머리카락과 각진 어깨는 남자 같았고, 상체를 좌우로 흔들며 불안정하게 허리를 굽힌 걸음걸이로 희미한 불빛 속에서 휘청휘청 다가온다. 중키에 보통 체구, 마른 체형, 푸르스름한 바지에 아무렇게나 비치샌들을 꿰어 신은 차림새. 노인 같지는 않지만 백발이 섞인 머리카락을 보아 나이 지긋한 연배겠지. 흰색의 민무늬 셔츠를 단추를 전부 풀어 느슨하게 걸치고, 갸름한 얼굴에 검은 테 안경을 걸친 생김새는 어딘지 인텔리 느낌. 눈앞까지 오니, 멍한 표정이었지만 볼과 입가가 희미하게 풀어져 있는 걸 알 수 있었다.

—이, 제, 야, 만나게, 되었군요, 당신.

엉겨 붙듯 말을 걸어왔다.

—참, 잘, 도, 당, 신, 여기까지, 도착, 할, 수가, 있었던, 거, 네요. 아아, 정말로, 무사해서, 다행이다.

더듬더듬 말을 곱씹는, 부드럽고도 낮게 굽이치는 목소리. 더듬는 것까진 아니지만 말을 하는 게 고역인 듯 잘 나오지 않는데, 그럼에도 충분히 찰기 있는 톤. 들은 적이 있다. 여행 도중에 만난 패거리 중 한 사람일까. 스쳐지나가는 사람치고는 왠지 굉장히 그립다. 문득 솟아난 기분을 주체하지 못하고 있자니, 남자는 매우 희고 가는 손가락으로 부스스한 반백의 머리를 한 번 쓰다듬고는 말했다.

—기다리고, 있었, 습니다, 나, 는, 당신, 이, 이렇게, 나를, 만나러, 와, 주기, 를, 여기서, 쭈, 욱.

남자의 얼굴을 나는 물끄러미 바라본다. 상대방도 안경 너머로 나를 응시하고 있다. 이쪽이 생각해내기를 기다리는 모습. 더욱 더

응시한다. 그러나 생각나는 점은 없다. 두근, 두근, 갑자기 가슴이 고동친다. 나는 당황한다. '이것'과의 만남을 기다리고 있던 건 내 쪽이었다. 갑자기 솟아난 그런 기분에 휩싸였다.

　—죄송해요, 많이 늦어버렸어요. 도중에 이곳저곳 들렀다 오는 바람에, 이제야 오게 되었네요…….

　어느새 남자의 표정이 풀어졌다.

　—아니요, 아니에요, 그건 그걸로, 됐, 어요, 이렇게, 당신은, 무사히, 여기, 도착해, 주었, 으니까요. 들러온, 건, 오히려, 당신에게, 필요한, 체험, 이었던, 겁니다.

　만면에 웃음을 띠며 남자는 말한다. 진심으로 환영을 표명하는 것 같다. 빨려들 듯이 나는 물었다.

　—저어, 당신은, 언제, 어디서, 나와…….

　순간 남자의 표정이 굳는다.

　—아, 실례되는 말을.

　—아니, 요, 아니, 그런, 건, 아닙, 니다, 그런, 건, 전혀, 아니, 지만…….

　머뭇거리며, 남자는 짧은 한숨을 내쉰다. 어렴풋한 슬픔이 눈가에 떠돈다. 잊혀진 데 대한 비탄인지, 아니면 그를 슬프게 하는 어떤 일이 나와의 사이에 있었는지. 얼굴에는 조용한 웃음이 돌아와 있었다.

　—계속 서 있기, 도, 뭐, 하니까요, 앉을, 까요.

　저쪽으로, 라며 남자가 슥 팔을 뻗었다. 얼굴을 향하니, 끝으로 갈수록 가늘어진다고 생각했던 공동의 한구석에, 생각지도 못한 넓은 공간이. 한가운데에 세로 4미터 가로 1.5미터는 되어 보이는 커다란 돌 테이블이 묵직하게 자리 잡고 있다. 주변에 걸터앉는 용도인 듯한 돌덩어리가 열 몇 개 흩어져서 배치되어, 언뜻 보면 대가족의 식탁을 떠올리게 하는 은밀한 구덩이 한구석이었다.

다가가보니, 테이블은 잘록하게 들어간 길고 가는 호리병 모양에, 의자는 크기도 형태도 제각각. 테이블에도 의자에도 다리가 없고, 모두 뒤집어엎은 절구통 모양을 하고 있다. 바위를 깎아 만든 듯, 제작을 도중에 단념한 석상이 그곳에 방치된 듯한 느낌도 있다. 어느 것이나 존재감 있는 중량으로 장소를 차지해서, 살짝 밀어 본들 꼼짝도 않을 것 같다. 식탁이라기보다 이곳은, 동지들싱카누챠의 휴식 장소였을 지도 모른다는 기분이 들었다. 어쩌면 때때로, 싱카누챠 몇몇이 이 장소에 모여 작전회의 같은 걸 열거나, 거사가 성공한 뒤의 Q마을 구조나 활동에 관한 열띤 토론의 장이 된 적도 있을 지도 모른다. 지금이라도 그곳에서 과격하게 언쟁을 벌이는 그들의 목소리가 소란스럽게 들려올 것 같은 열기의 흔적이 있었다.

남자의 눈짓을 따라 의자에 앉았다. 선뜩한 돌의 차가움이 전해진다. 바로 맞은편에 남자가 앉았다. 단정한 이목구비에, 주름이랄 것도 없는 갸름한 얼굴이다. 안경을 벗어 테이블 위에 두자, 깊게 쌍꺼풀 진 커다란 눈이 드러났다. 더듬더듬 남자가 이야기를 시작한다.

―나, 는, 당신, 이, 만나러 와, 주기, 를, 이제나 저제나, 하며 기
다리고, 있었지, 만, 당신과, 내가, 과거에, 특별, 하게, 얽혔던 적,
이, 있었는지 어쨌는지, 에, 대해서는, 안타깝, 지만, 알지, 못합, 니
다. 당신에, 관한, 정보를, 나, 는, 무엇, 하나, 손에 넣지, 못했, 어
요.

남자는 비탄에 젖은 표정으로, 눈꺼풀을 신경질적으로 깜빡였
다.

―나를 기다렸다면서, 정작 나에 대해선 아무것도 모른다는 거
네요.

―그렇, 습니다, 나와, 당신이, 관련되어, 있을, 듯한, 사건이, 전
부, 다, 완전히, 삭제, 되었, 거든요…….

당장이라도 울음을 터뜨릴 듯 떨리는 목소리였다. 나는 동요한
다. 그러나 단순한 감정으로 상대방에게 공감해서는 안 된다고 스
스로를 타이른다. 무엇보다도 지금은 이 남자의 떨리는 목소리에
담긴 사정을 물어보는 게 제일 중요하다.

―말하자면 이런 건가요. 당신 과거의 기억이 어떤 이유에선
가 사라져버렸다는. 부분적인가요, 아니면 기억의 전부가 그랬다
는 건가요, 그런 거라면, 그 기억이 사라지게 된 사정에 대해…….

자기도 모르게 심문하듯 따져 묻는다.

―그런 것, 과도, 좀, 다른, 겁, 니다.

―뭐가, 어떻게 다른 거예요.

―……글, 쎄요, 나, 같은, 경우, 과거, 라든가, 기억, 이라든가,

하는 게, 언제, 어떤, 사건을 가리키는, 지, 그런, 것에 대한, 인식, 자체, 가, 사라져버린, 것, 같아, 요.

　—기억의 인식 영역이 흐려졌다는 건가요?

　—그런, 표현도, 맞다, 고는, 할 수, 없어요.

　—그 외에, 어떤 표현이 있다는 거죠.

　—저, 에겐, 이렇게, 당신과 만나고 있는, 지금, 이, 있을 뿐, 인 거죠. 아, 아니, 아니, 그런, 표현도, 정확, 하지, 않, 습니다. 굳이 말하, 자면, 제가, 있는, 이 장소가, 기억이 있는 곳, 인, 겁니다, 그걸, 어쨌든, 과거, 라고 바꾸어 말해도, 좋은 건, 지요. 게다가, 바꾸어 말한다, 면, 저 자체, 가, 과거 그 자체, 가 되는, 거예요.

　하고 싶은 말에 혼란이 생겨 얼버무리는 것 같은 기분도 들지만, 놀란다거나 대충 넘기려는 기색은 느껴지지 않는다. 어쨌든, 상대방의 이야기를 좀 더 끌어내야 한다.

　—기억으로서 지금의 당신과, 과거로서의 당신 자신이 있을 뿐이라는 건, 즉 당신에게는 미래가 없다는 거네요.

　그 순간 남자는 후 하고 한숨을 내쉬며 눈을 내리깔았다. 나의 조잡한 발언과 무지함을 탓하는 것 같기도 하다. 한숨과 함께 천천히 얼굴을 들었다. 더듬더듬 말을 이어간다.

　—애초, 미래, 라는, 때는, 오지 않는 때, 를, 말하는 겁, 니다, 아직, 오지 못한, 다는 뜻, 이니까요. 오지 못한, 때, 다가올, 리가 없는, 때, 를, 누구, 든, 손에 넣을 수 있을, 리, 는, 없습, 니다.

　—그건······.

―자, 보, 세요, 당신의 앞, 에도, 당신의 뒤, 에도, 이, 어디까지나, 어슴푸레한, 달, 힌, 구덩이의, 지금, 만이, 존재하지, 않습, 니까.

말하면서 남자는 가만히 고개를 비틀었다. 스프링이 달린 인형 같은 움직임으로, 빙, 그르, 빙, 그르― 하고 구덩이 주위를 둘러본다. 자, 아, 저, 기, 를, 보아, 도, 여, 기, 를, 보아, 도, 저희, 들, 을, 탈출, 시켜, 줄, 것 같은, 출구, 같은, 곳, 은, 안, 보이, 잖아요, 라는 듯. 표정은 무섭도록 진지하다. 이 출구 없는 남자와의 대화에서 어떻게든 빠져나갈 방법은 없는 걸까. 그렇지만, 빙, 그르, 하고 암벽을 더듬어가는 남자의 시선 끝을 따라가는 새, 이곳에서 빠져나가는 길 따윈 어디에서도 찾을 수 없음을 인정할 수밖에 없었다.

여기는 지하 구덩이의 막다른 곳, 즉 Q마을의 막다른 곳이다.

반원형으로 움푹 파인 움집은, 막다른 곳에 몰린 싱카누챠의 최후의 보루이기도 했을 것이다. 이 테이블의 만듦새는, 싱카누챠가 최후의 만찬을 개최한 흔적이라는 기분도 든다. 바위 틈에서 풍기는, 암모니아 냄새를 품은 신 듯도 하고 쓴 듯도 한 자극적인 냄새는, 싱카누챠가 먹다 남긴 음식이나 체취나 배설물의 잔향처럼도 여겨진다. 어딘가에서 쏟아져 들어와 돌 테이블에 반사된 희미한 빛이, 남자의 얼굴을 아주 가까이에서 비춘다. 의외로 인간다운 표정이다. 바위벽에서 나타난 남자. 누구인가. 어느 날 갑자기 예기치 못한 사건에 휘말려 불합리하게도 지하 구덩이에 갇힌 끝에, 어느 틈에 벽이 되고만 운 나쁜 녀석인가. 혹은, 지상 세계에 진력이 나 출가하려다 소문의 지하 구덩이로 스스로 도망쳐 들어왔지만, 나가지 못하고 구덩이의 영원한 주민이 되어버린 은둔자인가. 혹은, 역시 Q마을 싱카누챠의 생존자인가. 그런 상대가 아니더라도, 그들과 어느 정도 연관이 있는 자로서 애틋한 마음을 전달해야만 하기에 여기에서 나를 기다렸다?

신경 쓰여 견딜 수 없는 건 남자의 말투에서 느껴지는 이 기시감. 앉아서 벽 주변을 빙글, 빙그르 눈으로 좇는 움직임을 남자는 멈출 것 같지 않다. 출구를 찾고 있는 게 아니라, 도망칠 수 없다는 걸 집요하게 확인하는 것 같기도 했다. 나는 이야기를 되돌리기로 했다.

—당신은, 미래는 오지 않는 때라고 했습니다.

—그렇, 습니다, 만날, 리, 없는, 때, 저희들, 이, 이렇게, 살아, 있는 한, 영원히, 만나지 못하는, 때, 그것이, 미래, 인겁니다.

—미래를, 희망, 이라고 바꾸어 말한다면 어떨까요.

남자는 웃음이 터지려는 걸 참는 듯, 삐딱한 웃음을 짓는다.

—희망, 말입니까……

일그러진 표정을 하고 남자는 그대로 입을 다물어 버렸다. 언제까지고 아무 말도 하지 않는다. 내 쪽이 침울해져 참기가 힘들다. 미래야 어떻든, 지금 이 기분을 어떻게든 풀어야 했다.

—예를 들자면 말이죠, 지금 저와 당신은, 이렇게, 이 어슴푸레한 구덩이 속에 갇힌 채 꼼짝도 못하는 시간을 공유할 수밖에 없다고는 해도 말이죠, 구덩이 밖은 적어도 이곳보다는, 밝고, 넓고, 별

세계가 펼쳐져 있는 셈이니까, 어떻게든 그리로 나갈 길을…….

으르렁대는 듯한 호흡이 나를 가로막았다.

—후, 호오—. 구덩이, 밖의, 밝은, 별세계, 입니, 까. 후호오 후호오.

과장되게 숨을 내쉬면서 남자는 내 말을 앵무새처럼 되뇌었다. 나를 지그시 바라보았다. 현기증이 날 듯한 납덩이같은 어두운 눈동자. 뭐지 이 음침함은. 짜증이 나서, 나는 부글부글 끓어오르는 적의를 드러낸다.

—저기요, 희망이라든가 별세계라든가 하는 말이, 가볍고 단순하고 논리적 비약 같이 들리더라도 말이죠, 적어도 이 Q마을인지 뭔지 하는, 바위투성이 먼지투성이 비밀투성이, 어디를 둘러봐도 어두침침할 뿐인 이 지하 구덩이보다는 넓고, 빛으로 가득 찬 바깥 세계가 있다는 거예요.

남자가 조금 기가 질렸다. 나는 여세를 몰아 계속한다.

—그래요, 그곳에는 많은 사람들이 오가는 밝은 도시와 거리와 마을이 있죠. 공장이나 빌딩, 사람이 사는 집, 공원이나 학교, 푸른 바다랑 녹색 언덕이랑 숲이랑 강이랑 연못……무덤에 절에 신사에 우타키御嶽[21], 곳에 따라서는 악취를 내뿜는 개천이랑 쓰레기더미, 인파와 차도, 방사성 물질에 오염된 잡동사니에, 펜스로 둘러싸인 사람 죽이는 훈련장……같은 것도 있어서, 더럽다면 더럽고,

---

21 오키나와에서 조상신을 모시는 성지(聖地).

추하다면 추하고, 비참하다면 비참하지만, 그래도요, 아름답다고 생각하면 아름답게도 보이는 풍경이 분명히 존재하는, 저 세계 말이에요. 무엇보다도, 각자 둘도 없이 소중한 존재인 사람들이, 근근이 나름대로 살아가고 있는 저 지상 세계가 아닌가요.

　—······.

　—저는, 그곳에서 온 거예요. 하던 일도 팽개치고, 설명하기 힘든 이유긴 하지만 파일의 '기록'에 이끌리는 대로 이 여행을 떠나온 거란 말이에요. 그러니까요, 저는 당신과 헤어진 후에는 원래 있던 저 세계로 돌아가야만 해요, 밝은, 바깥의, 별세계로. 다시 말해서, 저는 이런 어두운 구덩이 속 음침한 곳에서, 어디서 온 누군지도 모르는 당신 같은 사람이랑 언제까지고 이런 결론도 안 나는 추상적인 얘기 따위로 싸울 이유가 없다는 거예요. 예, 그러니까요, 당신······. 아아, 어쩌다가 저는 이런 구덩이 속에서 헤매게 된 거죠, 그거야말로 수수께끼라고 해야 할 판이네요. 생각해보면, 모든 게 시퍼렇게 깎은 빡빡머리가 제게 배달한 저 파일 때문이네요. 그래그래, 그랬어, 아 정말, 저는 왜 저런 정체모를 파일 같은 걸 명청하게 받아버린 걸까요, 하아 짜증 나, 하아 진짜······.

　뭘 어떻게 말해야 좋을지 알 수 없어져서, 하아 짜증 나, 하아 진짜, 하고 한숨만 연달아 내쉬었다. 그러자 갑자기, 탕탕. 남자가 테이블을 두드린다.

　—무, 슨 말을, 하—는, 건, 가, 요, 당—신은.

　깜짝 놀라 나는 벌떡 일어났다.

―아―, 무 것도, 모―르, 네, 요, 당신은. 그―런, 느―긋한, 소
릴, 할, 때, 입니까, 지금, 당―신은, 그곳에, 돌아갈 방법을, 모―
두, 잃어, 버렸, 다는 게, 문―제, 잖―, 아, 요.

끈질기게 어두가 늘어지는 히스테릭한 목소리가 밀려든다. 눈
꼬리가 올라가고 볼이 새빨갛다. 갑작스런 남자의 습격에 기가 죽
어 있자니, 남자는 아, 하고 톤을 낮추었다.

―제, 제가, 그만, 난폭한, 말투, 를, 써, 버렸, 습니다. 오해, 하
지 말아, 주세요, 저는, 당신을, 탓하고, 있는, 게, 아닙, 니다, 부, 디,
기분, 상하지, 마세요. 당신이, 바깥, 세계에, 나갈, 수 없는, 건, 당
신에게만, 책임, 이 있는, 건, 아니, 니까요.

―책임? 이 사태에서 대체, 제게 무슨 책임이 있다는 거죠. 기
분 상하지 말라는 둥 해도 말이죠, 본 적도 없는 당신이 갑자기 그
런 식으로 말하면, 불합리한데다 무슨 소린지도 모르겠어서 너무
불쾌하네요.

―……뭐, 진정, 합시다.

남자는 거칠게 얼굴을 쓸어내렸다. 힘이 빠져 나도 앉는다. 보
니 남자는 오른쪽 검지로 조금씩 돌 테이블을 두드리며 다리를 떨
고 있다. 진정 못하는 건 그쪽이다. 한숨 돌리고 물어본다.

―당신은, 뭘 그렇게 초조해 하는 거죠.

―……시간, 이, 없, 어요.

시간이 없어? 앞뒤 안 맞는 소리를 한다. 미래는 오지 않는다,
이렇게 살아가는 동안에는 절대 오지 않는 때, 그게 미래다, 라고

열을 올리며 말하던 남자는 이후에 벌어질 무언가를 굉장히 신경 쓰고 있다. 초조한 감정을 노골적으로 드러낼 정도로.

짐작 가는 것이 있었다. 파일의 기록에 이끌리는 대로 시작한, 발길 닿는 대로 떠나온 이 여행 중에, 나를 앞으로 앞으로 강압적으로 몰아세우던 감각. 그러고 보면 여행 중에 말을 걸어 온 '것'들도, 시한이 넘었다는 이유로 이야기를 도중에 끊었던 게 생각났다. 여행에서 만난 패거리들이나 나를 몰아세우고, 눈앞의 남자를 초조하게 만드는 건, 무얼까.

—당신은 어째서, 시간이 없다는 걸 신경 쓰고 있나요.

—·················.

조금 괴로운 듯한 눈으로 남자는 나를 바라본다.

—미래는 없다, 희망도 별세계도, 없다, 당신은 그렇게 말했었죠. 그렇다면, 왜 구덩이 밖에서 온 나를 기다리거나, 오지 않는 때를 신경 쓰거나 하는 거죠.

—·················.

내가 낸 목소리만이 튀어 돌아온다. 멈춰버린 눈을 내게 향한 채 남자의 손가락은, 이번에는 천천히 테이블을 두드린다. 기분을 억누르는 듯한 리듬으로, 톡, 톡, 톡⋯⋯.

—저기요, 대답해 봐요.

남자는 테이블을 두드리는 손의 움직임을 멈추지 않는다. 톡톡톡톡⋯⋯. 나의 조바심이 다시 불타오른다. 무의식중에 거칠게 말했다.

—저기 말이죠, 당신이 말하듯 미래도, 그 뒤의 희망도 아무것도 없다면, 당신은 여기서, 쓸데없는 생각을 내뱉거나 쓸데없는 행동을 할 필요 같은 것도 없잖아요.

남자의 손이 멈췄다. 흥분한 채로 나는 말을 이어갔다.

—그래, 저 같은 사람에게 말을 걸거나 하지 말고, 이 구덩이 안에서 가만히 웅크리고, 조신하게 지금을 그저 즐기면 되겠네요. 아무 말도 하지 말고 아무 것도 하지 말고, 아―무 것도 생각하지 말고 말이야. 그래, 돌이라도 되어버리면 되겠네, 돌. 이 테이블이나 의자처럼 말이야, 말도 없고 움직이지도 않는 오브제라도 되어버리면 되잖아, 이렇게, 이 근처에 철썩 들러붙어서 바위가 되건 벽이 되건, 뼈가 되건 말이야······.

입에서 나오는 대로 막말을 해버렸다. 그러자 남자는 테이블을 두드리던 손가락을 멈추고, 허리를 쭉 폈다. 이상하리만치 조용하게 나를 내려다보고 있다. 입가에는 희미하게 일그러진 그 웃음이. 경멸인지 자조인지. 상관하지 않고 나는 되풀이한다.

—이 봐, 무슨 말이라도 해 봐, 당신에게는 대답해야 할 의무가 있어, 당신을 만난 덕분에 지금 나는 절망의 늪에 빠져 있는 거니까. 그러니까 대답해, 당신이, 오지 않는 때를 신경 쓰거나, 여기서 나를 기다린 건, 뭘 위해서지?

—················.

중요한 대목에서는 침묵을 지키기로 작정한 모양이다. 비겁한 침묵이다. 내 추궁을 봉쇄하는 '묵살의 기술'이라는 건가. 정말, 죄송, 하지, 만, 이런, 상대방에게 강요만, 할 뿐인, 무신경하고, 못되고, 상상력이, 결여된, 예의 없는 말, 에는, 전혀, 대답하지 않기, 로, 하고, 있습, 니다, 라고 하고 싶겠지. 공기가 무겁게 탁해져, 내 기분은 우울해지기만 한다.

일어났다. 막다른 암벽을 눈앞에 두고 선다.

하릴없이 양손을 한껏 펼쳐 암벽을 밀어봤다. 의외로 따뜻하다. 바위 표면이 손바닥에 들러붙는다. 흑갈색으로 보였던 암벽은 가까이에서 보니 회색빛이 돈다. 딱딱하고 부드러운 감촉. 군데군데 반짝이는 건 암벽에 섞인 광물 같다. 구덩이를 비추던 빛은 이거였던가. 이 견고한 암벽을 싱카누챠는 어떤 방법으로 파 나갔던 걸까. 밤낮으로 계속 이어진 작업이었다고 패거리 중 한 사람이 말했던 걸 떠올렸다. 그들의 손목이나 허리, 어깨는 과중한 작업 때문에 아프거나 망가지지는 않았을까. 그런 게 신경 쓰였다. 커다란 미래의 꿈을 안고 모여 들었을 수백 수천의 싱카누챠가, 몇 년 몇 십 년의 세월을 들여 이어갔던 가혹한 노동과 비밀의 장소가 Q마을이었던 거라면, 이 벽의 두께는 빛을 보지 못하고 무참하게도 끊어져버린 싱카누챠의 원통함을 가둔 기억의 단층일 것이다.

Q마을이란 무엇이었을까. Q마을의 활동에 싱카누챠가 심혈을 기울였던 '비밀 계획'은 파탄 나서 방치된 채일까. 단서가 될 기록은 모두 몇 줄의 도입부뿐. 그 뒤는, 네가 걸었던 여행 기록으로 파악하라고.

느릿한 바람이 구덩이를 휘감는다. 나는 언제까지고 암벽에 손을 대고 있는 채였다. 손바닥에 달라붙는 바위의 감촉이 묘하게 기분 좋다. 청량감조차 느껴져 어디에선가 바람을 타고 자장가가 들려오는 듯한 기분이 되어 하염없이 그대로 있다 보니, 이 바위 천정 위에 사람이 사는 지상이 있다는 사실이 믿겨지지 않는다.

등 뒤로 남자가 다가왔다. 멈춰 서서, 흔들리는 그림자가 되어 조용히 서 있다. 언제까지고 아무 말도 하지 않는다. 내가 돌아봐주기를 기다리는 모양이다. 나는 돌아보지 않는다. 남자에게 할 말이 없어서. 이런저런 의문도 지웠다. 왜 나는 이런 암벽을 앞에 두고 망연히 서 있는 걸까. 그런 의문조차 지워버렸다. 이렇게 된 책임의 일부는 내게 있다고 내비친 남자의 말을 납득할 수 있을 듯한 기분이 들었다. 사정이야 어떠하든, 스스로 이 장소에 들어와 출구 없는 벽을 앞에 둔 건, 다른 누구도 아닌 내 자신이므로.

―저기요.

갑자기 말을 붙여온다.

―들리죠, 당신에게도.

매끄럽고 높은 목소리가 덮쳐오듯 울려 퍼진다. 더듬거리던 톤이 사라져 있다.

슬쩍 돌아본다. 보니 남자는, 구부정하던 허리를 쭉 펴고 나보다 머리 하나 반 정도 키가 커져 흔들흔들 흔들리고 있다. 다시 쓴 안경 속의 눈이, 작게 눈웃음치고 있는 걸 알 수 있다. 어쩐지 쓸쓸해 보이는 웃음이다.

―들리죠, 이 소리가.

소리? 무슨 소리가 들린다는 거지. 나는 머리를 흔든다. 내 귀에는, 소리다운 소리는 아무 것도 들리지 않아서.

―봐요, 들리죠.

남자는 되풀이해서 말한다. 귀를 기울여본다. 역시 아무 소리도 들리지 않는다. 남자가 확인하듯 깊이깊이 나를 들여다본다. 바위 천장을 올려다보며, 저 멀리 귀를 기울여본다. 그러자, 어디로부터인지, 분명히 들려온다. 그리고, 다가온다. 천천히, 나를 향해서…….

―봐요, 그렇죠.

남자가 빙그레 웃는다. 두근, 두근두근, 내 가슴이 고동친다.

소리는 고고, 고고, 하고 시작되더니, 기곳, 고고곳기기깃, 기보보보보, 고기고보보보오―……보가아아, 보가아아가가가아아―, 바바바아―, 기바바바바바아앗…….

소리라기보다 그것은, 금속제 맹수의 울부짖음과도 비슷하고, 딱딱하게 높아지다가는 미친듯한 비명소리가 되어 방출되는 응집된 공포 덩어리였다. 대량의 액체가 섬을 집어삼키는 소리처럼 들리기도 한다. 그런 소리가 울려 퍼지고, 미친 듯이 날뛰고, 밀어닥치며 나를 몰아세운다. 둥, 둥, 두둥, 하고 관자놀이를 때리고 심장을 얼어붙게 한다. 이건…….

―저 소리로 무언가, 기억나지 않습니까, 당신은.

―…………….

―그래도, 기억해내는 겁니다. 자, 저건, 이제 곧 닥쳐옵니다.

저 소리의 유래를 당신이 기억할 때까지, 저 소린 멈추지 않을 거예요. 당신이 당신으로서 존재하기 위해, 당신은 기억해내야만 합니다. 자, 어서요…….

무심코 주먹을 움켜쥐었다.

—당신, 그렇게 그냥 서 있기만 할 상황이 아닙니다. 이제 시간이 없어요. 어쨌든 기억해내는 겁니다, 저 소리가, 어떤 사건에서 유래하는지를.

—…………….

—그것 보세요, 저 소리를 무척 두려워하던 건 당신이 아닙니까……. 아아, 너무나도 끔찍한 일이라, 공포심 때문에 사건 그 자체를 없었던 일로 해버린 거군요, 당신은. 그건 잘 알겠습니다, 저도 조금 전까지, 그래요, 저 소리가 들려오기 직전까지는, 당신과의 관계를 완전히 인식하지 못했을 정도니까요. 실은 저도, 당신의 기억상실에 대해 이러쿵저러쿵 말할 수 없는 입장인 겁니다, 과거의 기억에 대해, 저도 당신도 같은 증상을 보이고 있는 거니까요. 그래도, 뭐, 그런 류의 기억의 망각은 누구에게나 일어날 수 있는 문제니까, 당신이나 저만 특별한 건 아니에요. 그러니까요, 당신은, 그 사건을 잊어버렸다고 해서 자신을 탓해서는 안돼요.

서서히 말이 격해지며 슬슬 남자가 다가온다. 나는 뒷걸음질친다. 남자의 얼굴이 바로 코앞까지 다가온다. 숨과 함께 희미하게 향냄새가 난다.

—다만 당신이, 지금 바로 저 사건을 생각해내지 않으면, 저로

서도 무척 난감한 사태가 되는 겁니다. 저 사건은, 당신과 저에게 있어 지울 수 없는 체험이니까요. 게다가 만약 기억이 돌아오지 않는다면, 당신은 여기서 저와 함께 끝을 맞이하는 수밖에 없어요, 그러니 자아, 생각해내는 겁니다, 당신, 이봐요, 들리지요, 자, 자, 저건 점점 커져서 지금 당장이라도 닥쳐옵니다, 이제 한시의 유예도 없는 거예요, 그러니 자아, 생각해내는 거예요……자아, 어서…….

자아, 어서, 라는 목소리를 떨쳐내듯 전신을 떠는 나의 양어깨를, 남자의 손이 꽉 거칠게 움켜쥐었다.

—괜찮아, 괜찮, 아요.

불타는 듯한 손이다.

—생각해내는 것만, 으로도, 좋으, 니까, 요, 그러, 면, 당신은, 이해, 할 수, 있게, 되는, 겁, 니다, 당신이, 당신이라는, 사실, 을. 아아, 그렇, 게, 무서워하지, 말아, 요. 저도, 당신과, 함께, 있으니, 까요. 아니, 요, 만일, 의, 경우, 에는, 제, 가, 당신을……저에게는, 그, 만큼, 당신을 향한, 깊은, 사랑, 이, 있는, 겁니다, 그러니, 자아, 당신…….

다시금 더듬거리는 남자의 목소리가 고막을 흔든다. 찡— 귀가 울린다. 아, 하고 나는 소리를 냈다. 이 손, 이 목소리……. 남자를 올려다본다. 눈동자가 젖어 있다. 나의 목구멍에서, 내 것이 아닌 말이, 튀어나온다.

—……운주, 운주, 야이비탄, 나아당신, 당신, 이었군요…….

희미하게 밀려오는 파도처럼 남자의 눈이 웃는다. 그리고 대답한다.

—이제야, 기억해냈네요.

나는 애매하게 고개를 끄덕인다.

굉음이 바로 근처까지 닥쳐온다. 구덩이 벽을 부수고 내게 다가온다. 이제 삼켜지는 수밖에 없다. 이 암벽은 적으로부터 나를 지켜주지 않는 걸까. 귀를 막고, 눈을 감는다. 그러자, 탁한 소리 덩어리가 흐트러지며 분해되는 것이었다. 고고고고오오……땅이 갈라지는 소리. 기기—익가가가가아아……예리하고 단단한 것이 지표를 할퀸다. 그리고 높은 곳에서 덮쳐오는 바바바바아아, 도보보가가아아……저것은, 빛과 금속의 소나기……. 감은 눈 저편으로 이어지는 소리가 띄엄띄엄 끊어진 장면을 연출한다……가가가가아아바바바아아 하는 소리에 쫓겨, 도도도오오고보고보보보오오를 향해 쏜살같이 달려가는 것이었다, 남자에게 손을 붙들려. ……울창한 아단 숲. 작렬하는 태양. 아단 가시가 내 몸 이곳저곳을 할퀸다. 상처 입고, 가시와 죽음의 공포에 등을 꿰뚫려, 그저, 도망쳤다. 올려다보니 작렬하는 태양을 가린 거대한 검은 구름의 그림자……저건……쿡쿡 쑤시는 공포와 아픔은, 아단 가시에 긁힌 상처나 헛디뎌 넘어져 구른 상처 때문, 이 아니라……눈앞에, 깎아지른 듯한 절벽. 도도돗, 고보보봇, 미쳐 날뛰는 바다의 울부짖음. 아니, 해수면은 기분 나쁠 정도로 조용하다. 소리 따위는 전혀 나지 않을 터. 게다가, 바다는 나를 삼켜 버릴 듯 푸르고 투명한데,

깊은 저 풍경이 왜 이런 굉음으로 변해버리는 걸까. 소리 없는 깊은 색에 이끌리고 빨려 들어, 떨어지기 직전, 어디에서부턴지 뻗어 나온 손이 나를.

소리에 이끌려 떠오른 조각조각 난 장면들은 내가 물려받은 기억의 소환. 거대한 검은 그림자에 쫓겨, 저 깎아지른 듯한 절벽에서 굉음 한복판으로 떨어지는 나를 뜨거운 손이 몸을 던져 감싼 건, 내가 아니었다. 그렇지만, 저건 나. 뒤에서 다가오는, 도도오고 보고보보보보오오오 ─────.

눈앞에는 남자의 상냥한 얼굴.

─시간이, 다 됐습, 니다. 자아, 당신은, 돌아가야, 해요. 이제, 곧, 이곳은, 적의, 손에, 넘어가, 버리는 겁니다.

남자가 몸을 굽혀 나에게 등을 돌린다.

─자아, 나의, 이 등을, 통해, 당신은, 이곳을, 나가는, 겁니다.

앙상한 남자의 등에 나는 업힌다. 갑자기, 가슴이 불타오르듯 뜨거워진다. 아아, 몸이 녹아내린다고 생각한 다음 순간 후두부를 강타하는 폭발음 ─────.

시야 한복판에 봉우리가 맺힌 백합꽃이 한 송이. 청바지 자락에 가시가 엉겨 붙는 갈퀴덩굴이 덥수룩하게 자라난 수풀. 굉음의 여운에 한 무더기의 일일초가 떨리는 걸 느꼈지만, 폭발음의 출처는 방향조차 알 수 없다.

# 벼랑 위에서의 재회

저녁노을로 물든 하늘 아래, 짙은 녹색의 유우나ユゥナ[22]와 아단 무리가 드문드문 눈에 뜨이는 흙먼지 날리는 길을, 혼자서 터벅터 벅 걸어간다. 한 치 앞도 보이지 않는, 무턱대고 떠난 이 여행도 슬 슬 마지막을 고해야 할 시기가 찾아오는 모양이다. 여행 중에 계속 도사리고 있던 정체불명의 감정의 늪이 조금씩 무뎌져 가고, 해변 으로 향하는 길에 발을 들여놓았을 때부터 한 걸음씩 밀려오고 밀 려나는 잔물결이 되어, 스륵, 스르르르륵, 하고 나를 흔들기 시작 한다. 조금 강해진 바닷바람에 앞머리가 날려 얼굴을 들어 올리자,

그곳에, 당신은, 나긋나긋한 풍치로 무심히 걸터앉아 있었던 것이었다.

바다가 내려다보이는 돌무더기 바로 앞쪽에.

무심코 나는, 커다랗게 눈을 치켜뜨고 당신을 바라보았지만, 이렇게 습한 바닷바람이 불어오는 해안가의 벼랑 위에서 당신과

---

22 오키나와를 비롯한 아열대 지대에 서식하는 아욱과 상록소고목(常綠小高木)으로, '유 우나'라는 이름은 오키나와어. 방풍림(防風林), 방조림(防潮林)으로 주로 심으며, 꽃잎 은 노란 빛을 띔.

재회할 것이라고는 진즉, 여행의 마지막 장면으로 얼핏 품고 있던 이미지였기에, 연극마냥 놀란 얼굴을 해버린 자신이 부끄러워 살며시 고개를 숙였다. 훗후후후후후훗후후후후. 거품을 머금은 잔물결의 간지럼 타는 듯한 목소리가 들려와, 고개를 들자.

서쪽 수평선 위에, 무척이나 커다란 태양티다의 통통한 얼굴이 흔들리고 있었다.

마치 당신은, 바닷가에 버려진 생각하는 사람 같았다. 상반신을 고꾸라지듯 깊이 기울이고, 한쪽 무릎에 놓인 왼손 손목으로 턱을 괴고, 비스듬히 아래쪽으로 시선을 떨구고, 조그만 바위에 앉아 있는 모습이 흡사 그렇게 보였다.

붉은빛에 온통 둘러싸여 있던 이 생각하는 사람은, 천천히 상반신을 일으키더니 우뚝 일어섰다. 길게 늘어지는 그림자가 되어 흔들흔들 팔을 늘어뜨리며, 좌우로 흔들리는 발걸음으로 다가온다. 철썩, 철썩철썩철썩철썩. 물이 튀는 소리다. 당신의 하반신에서 물이 방울져 떨어지는 것이 멀리서도 보였다. 등으로 어수선한 빛을 피하듯, 다크 그린 색으로 번쩍번쩍 빛나는 비닐 같은 것으로 전신을 감싼 당신의 모습은, 물에서 방금 건져 올린 거대한 회유어回遊魚를 떠올리게 하여, 한 걸음마다, 한 흔들림마다, 생명체의 냄새를 강하게 방출하는 것이었다. 바다생물로 막 변신한 사람, 혹은, 사람으로 변한 바다생물로도 보이는 당신이, 철썩철썩철썩철썩……. 나는 커다랗게 눈을 뜬 채로 껌뻑껌뻑 댈 뿐이었다.

―또, 만났네요, 당신―.

비브라토가 들어간 목소리가 바람에 실려 닿았다. 커다란 체형에는 어울리지 않는, 높고 투명한 목소리다. 나와 거리는 아직 제법 있다.

ㅡ아, 어쩜, 감사하게도, 당신은, 잊지 않고, 기억해 주었네요, 그때, 나와 나누었던, 약속을 말이에요.

한여름 바다에서 찬란하게 내리쬐던, 막을 방도 없이 쏟아지는 빛의 비를 단번에 뒤집어썼다. 더욱 나는 눈의 깜빡임을 멈출 수 없게 되었다. 여행이라 칭하고 정처 없이 길을 걸으며 가끔은 엉뚱한 장소에서 헤매다, 신비로운 사람들과 뜻밖의 만남에 당황하면서 이렇게 긴장을 늦추지 않고 여행을 계속 하다보면, 언젠가 땅거미 지는 바닷가의 절벽 위에서 당신이라는 사람과 마주칠 것이라는 어림이 있기는 했어요. 구체적으로 만날 약속을 한 기억 따위는 없긴 하지만. 여하튼, 당신을 이곳에서 만나야 할 사람이라고 인식한 기억 그 자체가, 전혀 뜬금없는 것이었다. 눈의 깜빡임만이 한층 거세진다.

그러자,

ㅡ아아, 당ㅡ신, 안돼요, 안ㅡ돼안돼안돼.

갑자기 지적이 들어왔다.

ㅡ아무리 눈부시다고 해도, 눈을 깜빡깜빡거려선 안돼요. 그렇게 깜빡깜빡 침착하지 못한 눈으로는, 풍경이 이리저리로 튕겨 날아가 갈기갈기 조각조각 나서 像을 만들어내지 못하게 되잖아요.

나는 눈꼬리를 치켜 올려 가능한 한 눈꺼풀을 내려앉지 않도록 한다. 허나, 견딜 수가 없었다. 바로 깜빡깜빡깜빡거린다.

—그러니까, 안 된다니까, 그 눈 깜빡깜빡거리는 거. 아아, 또, 또, 당신, 안돼, 안돼안돼안 된다니까.

지적 연발이다. 바람이 날리며 물방울을 튀겨, 안돼안돼안돼, 라는 소리가 밀려드는 파도가 되어 나와의 거리를 좁혀온다. 발걸음이 빨라졌다. 걷는 템포에 맞춰 목소리도 끊김이 없어진다.

—정말, 통, 모를 사람이네요, 당신은. 그렇게 깜빡깜빡거리면, 마구잡이로 풍경이 튀어 날아가, 지금 이렇게 나와 당신을 그럭저럭 이어주던 덧없고 위태로운 푸른 실이 뚝 끊어져 버려, 기껏 기적적으로 만난 관계가 무참하게 끊길 뿐이잖아요. 그렇게 되면, 나는 고독한 어둠 밑바닥으로 다시금 가라앉게 될 거예요. 내가 원치 않더라도, 나는 여기에서 사라져 버리게 될 거예요, 당신 때문에. 아니아니, 이건, 나만의 문제가 아니에요, 내가 어둠 밑바닥으로 사라져 버리면, 당신도 이대로는 끝나지 않으리라는 것이 명백해요. 당신도, 당신 자신을 잃어버리는 것으로 끝나진 않겠죠. 그걸 왜 모르시는 건가요, 당신은.

말은 점점 증폭되었다. 위압감 있는, 무척 명료한 울림이 되어 멈출 수 없이 밀려온다. 나는 그 목소리를 계속해서 뒤집어쓸 수밖에 없었다.

—그래도 뭐, 당신이, 깜빡깜빡하고 눈부셔 하는 것도 무리는 아니에요. 당신은, 방금 전 그 새카만 어둠 속의 Q마을 지하 구덩

이에서 막 기어 나온 거니까요. Q마을에 비하면 이곳은, 너무도 밝으니까요. 하지만, 그것도 지금뿐이에요. 자, 보세요. 조금 있으면, 저 커다란 태양은 바다 깊숙이 가라앉아 버려요. 아이고아이에나 이렇게 보고 있는 사이에도, 보글보글보글보글, 가라앉고 있지 않나요. 지상도 이제부터 새까맣게 새—까맣게 어둠의 세계시케에 들어가게 된다는 말이에요. 아아, 그렇다고 해서 당신, 그렇게 비관할 필요는, 전혀, 없으니까요. 걱정하지 말아요, 괜찮아ケンチャナ, 괜찮아ケンチャナ, 괜찮다니까. 쓸데없는 걱정으로 마음 상하거나 두려워할 필요도 전혀 없어. 그래, 그래, 그렇지, 지금 여기에서 어둠의 세계를 맞이하는 건, 걱정할 것이 아니라 오히려 푸랏카사ブラッカサー, 기쁘다キップタ, 고 해야 할 일.

감정의 기복이 노골적이 되었다. 마구잡이로 감탄사를 내지르며, 어디에서 온 건지 모를 국적 불명의 엉망진창인 단어를 이곳에 붙였다 저곳에 섞었다, 팅기는 리듬에 맞춰 춤추듯이 발한다. 이봐, 이것 보라고, 와아, 하고 감탄사를 내지르는 것과 동시에, 철썩, 철썩, 철썩, 하고 물방울이 튀어 오른다.

—그래, 그런 거예요. 당신. 어둠 속에 있어야 비로소 보이는 일들이, 그건그건, 많이많이マニマニ, 잔뜩잔뜩イッペーイッペー, 있으니까요. 무엇보다 어둠의 시간에 넉넉히 몸을 맡기면, 이 거친 세계에 휘말려 완전히 무뎌진 메마른 마음도 조금은 맑아지니까요. 그러니까요, 어둠에 익숙해지는 것은 사람의 마음에 따라서는 생각보다 매우 중요하고 소중한 것이기도 하답니다.

설교조가 되었다.

등 뒤에서 비쳐오는 빛과 불어오는 바람에 밀려나듯이, 황새걸음으로, 철썩, 철썩철썩철썩, 물방울을 튀기며, 당신은 다가온다.

이미 눈앞이다.

후드를 벗자 나타난 표정은, 해맑고 그늘 한 점 없다. 쾌청한 하늘같고 종잡을 수 없는, 흐릿한 생김새와 걸맞았다. 초점이 맞지 않아, 무심코 나는 꾹 눈을 감았다. 그러자, 또, 후후후후후후훗…………. 이번에는 꽤 오래 이어진다. 후……끊어진다. 눈을 뜨자,

주위는, 잔뜩 물을 머금은 먹물 붓을 칠한 듯한 어둑어둑한 세계였다.

한 번 눈을 깜빡이는 사이에 소란스럽던 저녁 해는 바다 깊숙이 낙하해 버린 모양. 희미한 어둠에 감싸여 있자니, 당신이 말한 대로, 당황스럽고 어수선했던 마음이 조금씩 침착함을 되찾는다. 어둠의 장막이 조금씩 벗겨지며, 시계가 안정되어간다. 가볍게 벌린 당신의 허벅지 사이에 포옥 안긴, 아주 작은 와라빈과아이의 얼굴을 발견한다. 갸웃하고 고개를 기울이며, 허벅지에 달라붙는 듯한 자세로 이쪽을 보고 있다. 눈이 마주치자 빠르게 뺨에 양 손을 대고, 후훗, 후후훗, 하고 입술을 오므렸다. 저 간지러운 잔물결 소리는 이 와라빈과가 내는 소리인 듯하다. 어울리지 않게 어른스러운 표정이었지만, 키로 추측해 보건데 기껏해야 네 살이나 다섯 살.

―당신의 아이인가요.

그러자,

―뭐야, 당신?

미간을 좁히며,

―뭐 하는 거고? 니.

갑작스러운, 위압적인 사투리다. 당신ぁなた이라고 하다가, 니
ぁンた라고 한다.

―아, 저란 사람도 참, 쓸데없는, 추궁을…….

―너, 얼빠진 소리 하면, 안 돼. 쓸데없는, 이나, 추궁, 이나, 그
런 문제가, 아니잖아. 알고 있긴 한 거야, 너, 이건, 어디까지나, 책
임의 문제란 말야, 책임의. 어른으로서의 책임, 이란 말이야.

얼토당토않은 트집을 잡는다. 입을 크게 벌리고 언성을 높이는
얼굴은, 목구멍에 찌가 걸린 채로 버둥거리는 가시복아바사같은 모
습이다. 몸을 움츠리지만, 그러나 나는, 곧 당신의 트집에 넘어가
주기로 마음먹는다. 여행 중간 중간 갑작스레 일어나던, 겪어보지
못했던 이런저런 사건들을 받아들이는 데 나의 감각은 완전히 익
숙해져 버렸다. 우연한 경위로 무심코 받아들인, 발신자 불명의 공
백뿐인 기록파일을 채우기 위해 길을 나선 여행이다. 여기까지 온
이상, 이 수용하는 감각에 나는 몸을 맡길 뿐이다. 언성이 높아진
당신의 트집은, 잠시 숨을 고를 사이도 없이 이어진다. 멈출 틈이
보이지 않는 것 같았다.

―……그러니까, 너, 사람이라는 건……어떤 상황에서든, 눈

앞에 있는 애처로운 어린아이의 미래에 대해, 제대로 책임을, 지지 않으면 안 돼. 그것이, 사람으로서의 도의,라는 게, 아닐까……보렴, 이 가엾은 와라빈과를. 자, 친구두시와 부모를 잃은 슬픔과 불안에 멍해 있잖아. 이 가엾은 와라빈과가, 당신의운주가 정나사키을 애타게 갈구하고 있는 것을, 모른 체 하겠다는 건, 설마 아니겠지…….

숨이 차는 듯한 말에 끼어드는 듯이, 그때, 아이가 조그만 몸을 휙 하고 내밀었다. 단정치 못한 앞머리를 흔들며, 깃을 헤친 하얀 반소매 셔츠에, 헐렁헐렁한 군청색 쇼트 팬츠 차림의 어딘가 명문 학교 교복 같은 모습스가이이었지만, 잘 보니 여자아이이나군과다. 쇼와 초기 정도의 흑백 가족사진에서 홀로 튀어나온 듯한, 소박한 모습이다. 사랑스럽긴 했지만, 가엾다는 감정은 없다. 무언가 깨달은 듯한 녹색의 눈동자가 묘하게 조용했다. 특별히 사랑에 굶주려 있는 것처럼은 보이지 않는다.

―내가, 이 여자아이에게, 무슨 책임이…….

말을 꺼내자,

―뭐라고?

당신이 눈을 크게 뜬다.

―이 지경에 이르러서도 또 모른 체할 셈인가, 너는. 그건 안 될 이야기지. 애처롭고 가엾은 이 와라빈과를, 그, 끔찍한 참화 한가운데, 무책임하게 방치해 둔 것을 잊었다,라고 말하고 싶은 건가? 그렇지, 너?

엉뚱한 소리를 당신은 말하기 시작한다.

하지만, 그런 소리를 들으니, 과연 내 가슴은 쿡쿡 아파오는 것이었다. 이, 애처롭고 가엾은 이나구와라빈과여자아이를, 그 잔혹한 참화 속에 나는 무책임하게 방치했던 것이라는 죄악감이 찾아오기 시작했다. 점점 가슴의 아픔이 심해진다. 내 마음을 꿰뚫어보듯이 이나구와라빈과의 눈이 조금 움직이더니, 나의 허리춤에서 얽혔다. 맑은 초록빛 눈동자에 사로잡혔다. 귀를 덮은 찰랑찰랑한 머리가 바람에 흔들리고, 가볍게 쓰다듬자, 이나구와라빈과가 드디어 몸을 구부려 달라붙어 왔다. 부드럽고 미지근한 체온에 감싸였다. 무심코 한숨이 흘러나온다.

바닷바람이 차다. 계절은 슬슬 겨울로 접어들 즈음인가.

아아, 그러고 보니, 처음 당신과 만난 것도 이렇게 조금 서늘해진 바람이 불어오기 시작한 저녁 무렵이었다. 갑작스레 나는 그때의 일을 기억해낸다. 그때, 바다에서 불어온 서늘한 바람에 나부낀 머리카락이 볼에 닿았던 그 감각은, 분명히 기억하고 있다. 여윈 큰 등에 어두운 슬픔을 띄우고, 당신은 홀로 이 벼랑 위에서 새파란 바다를 내려다보고 있었다. 머나먼 곳으로 떠나버린 사랑스러운 것들의 모습을, 눈앞에 펼쳐진 푸른 바다에서 불러내기 위해 말로 표현할 수 없는 기도를 하고 있던 깊은 눈매의 당신을, 그때 나는 목격했다. 그랬다. 그때도, 그 고개를 숙인 당신의 등에 이끌리듯이 나는 해안가 도로로 향했었다. 그런 기억이 떠오른다. 하지만, 그것은 언제 일이었을까. 4, 5년 전의 일이었던 느낌이 들지만,

6, 70년 전이었던 느낌도. 혹여, 몇 시간, 아니, 불과 몇 분 전······.

아니아니, 하고 나는 고개를 젓는다. 당신과의 만남이 언제였던 간에, 나는 또, 그 일들이 일어났던 때의 추궁을 하는 것은 피한다. 무언가에 쫓기듯이 찾아온 여행지에서의 기적 같은 사람들과의 만남이, 지금은 태어나기 전의 일들처럼도, 앞으로 찾아올 세계에서의 일들처럼도 느껴졌기에. 그런 감각에 지배당해, 목적지도 돌아갈 곳도 없는 채로 나는 이 여행을 이어나가지 않으면 안 된다는 것만큼은 잘 알고 있으니까.

허리춤에 달라붙은 작은 아이의 체온을 주체하지 못하고 있자니, 뜨거운 시선이 뺨에 닿았다. 치켜뜬 눈이 나를 내려다보고 있다. 종잡을 데 없는 얼굴 속에 눈동자만이 빛나고 있다. 난폭한 말을 토해내는 것치곤 촉촉함이 있는 깊은 눈이다. 분명 본 적이 있다고 느낀다. 본 적이, 라기보다는, 이 눈이 나를 여행 도중에 계속 보고 있었던 느낌이 든다. 이 커다랗고 깊은 눈이 나를 기록의 여행으로 꾀어내, 가는 곳곳에서 나를 지켜보며 때때로의 위험에서 구해내고, 나를 이렇게 살리고 있다고. 그렇다 하더라도, 당신이 말하는 그 잔혹한 참화는, 무엇인가. 아니, 무엇보다 지금의 문제는, 눈앞에 있는 이 이나구와라빈과의 존재였다.

허리를 숙여, 상대와 같은 눈높이가 되었다.

—이름이 뭐니?

멍하니 있던 이나구와라빈과가 나를 돌아본다.

—나이는, 몇 살이니?

멍하니 있는 채로. 목소리를 내지 않는다. 그 틈이 매우 길다. 고집스러운 태도는 말을 들어줄 생각이 없는 듯했다. 표정을 읽을 수가 없어졌다. 혹시, 이 작은 아이는 말할 생각이 없는 것이 아니라, 사람의 말을 알아듣는 신체 기관에 문제가 있는 걸지도 모른다. 그렇더라도, 어떤 교신방법은 있으리라. 그러나 마땅한 방법은 떠오르지 않았다. 그저 마주볼 뿐인 아이와 나를, 당신은 희미하게 미소를 띠며 내려다볼 뿐, 이라고 느끼고 있었더니,

갑자기, 당신은 등을 돌렸다. 다크 그린의 막이 화악 바람을 가르더니, 철썩철썩철썩……저벅저벅저벅저벅……바다 쪽으로.

그리고, 벼랑 아래로 사라진다. 아, 하고 쫓아가려는 내 손을 와라빈과가 끌어당겨, 뒤를 돌아보자,

—봐, 저 사람, 가 버리잖니.

와라빈과가 나를 잡아당기는 손의 힘이 강해졌다. 꾸욱꾸욱 점점 강해진다.

—아, 뭐 하는 거니? 너는, 같이 안 가? 봐, 저 사람, 보이지 않게 되었잖아.

이나구와라빈과는, 바다 쪽과 반대 방향으로, 이쪽이라 말하는 듯 나를 끌어당긴다. 생각보다 힘이 세다. 나는 저항할 수 없었다. 꾸욱꾸욱꾸욱 이끌려, 아이야アイゃ, 아이야アイゃ 하는 사이에 억새풀이 우거진 좁은 오솔길을 지나자,

그곳에, 마을로 향하는 시야를 가리는 깊고 무성한 아단 숲이.

이나구와라빈과의 손에 이끌려, 숲 속으로.

들어가 보니 숲으로 보였던 그곳은, 아단 이파리를 두껍게 겹친 지붕과 벽으로 외부와 차단된, 제법 깊숙한 곳에 있는 오두막이었다.

　입구에, 목이 꺾인 사자 동체를 떠올리게 하는 석회암 덩어리가 대여섯 개, 뒹굴뒹굴 굴러다니고 있고, 발밑에는 아단의 마른 잎으로 만든 융단이 깔려 있었다. 조그만 마을의 집회 장소, 혹은 재해 시의 피난장소 같다. 어른이 스물 몇 명, 대자로 뻗어 뒹굴 수 있을 것 같은, 제법 넓은 장소다.

　어디에서 본 듯한……

　섬 공동체 어디어디에서는 아직도 남아 있다고 하는, 유서 깊은 제사 장소인가. 그곳에서는 뭔가 '기도' '기원' '세상의 행복 기원' 등의 비의秘儀가, 카민추神人, カミンチュ[23]들의 손에 비밀리에 전수되어 내려온다고 하는데, 이곳은, 그런 신성한 제의 장소 같게도 보인다. 그러나 외부의 시선을 엄격하게 차단하는 것은, 그, Q마을에서 지상으로 도망쳤다고 전해지는 싱카누챠의 집처럼 느껴지기도 한다. 그래, 역시 이곳은, 적으로부터 몸을 지키기 위해 팠던 Q마을의 지하구덩이가 지상에 떠오른 장소인 것 같기도 한……

　그런데, 적은 어디에서 몰려온 걸까. 하늘일까 바다일까. 몸을 지키기 위한 비밀장소라지만, 이곳은 하늘에서나 바다에서나 눈에 띄기 좋은 장소이고, 아무리 봐도, 가장 먼저 적에게 공격당할

---

23 류큐시대부터 이어져 내려오는 신앙을 받드는 이들의 통칭.

것 같은 곳이다. 아아, 어쩌면 이것도, 싱카누챠의 교육지책, 등잔
밑이 어둡다고 해야 할까, 적을 속이는 작전이라고 해야 할까? 이
런저런 것들을 상상하고 있자니,

이나구와라빈과가 고개를 갸웃거리며 한 곳을 바라보고 있는
것을 알아차렸다. 어딘가 예리해진 시선 끝을 따라가자, 오두막
의 한편에 울퉁불퉁한 판 모양의 줄기가 두 갈래로 크게 뻗은, 오
래된 가주마루 뿌리가 있었다. 그곳에, 아단의 마른 잎사귀로 싸
인 불룩 튀어나온 것이. 조금 큰 승용차 정도의 규모다. 구멍을 메
운 거북등껍질 모양으로 보이는, 마른 이파리로 뒤덮인 조그만 언
덕이었다.

아단의 마른 잎사귀 융단을 바삭바삭 밟아가며 다가갔다. 순
간 느껴진 망설임을 뒤로 하고 두껍게 쌓인 마른 이파리를 걷어치
우자, 우르르하고 무너지며 드러난 것은, 팽팽하게 부푼 썩기 시작
한 나무상자 같은 것이었다. 나란히 두 단으로 쌓인 중간 크기 박
스 정도 되는 나무상자다. 세어 보니, 일곱 개다. 내 움직임을 묵묵
히 지켜보듯, 등 뒤에 서 있는 와라빈과를 힐끔 본다. 특별히 제지
할 기색은 없었다.

열어보기로 했다.

혹시 이 상자 안에는, 이 여행에서 내가 무의식적으로도 찾고
있던 것이 전부 보관되어 있지 않을까 하는 생각이 들었다. 즉 이
상자에는, 지금까지 누구에게도 이야기하지 않고 쓰지도 않고, 그
러니까 누구도 알 수 없었던, 존재하지 않는 역사, 보이지 않는 과

거, 소멸한 미래를 이야기하는, 목소리 없는 수많은 목소리를 뛰어난 기교를 구사하여 써 내려간 여러 기록들이 비밀리에 보관되어 있는 것은 아닐까 하고. 그야말로, 이것이야말로, 여행 끝에 내가 손에 넣어야만 하는 것들이다. 그것이 지금, 눈앞에 있다. 그렇게 생각하고 고동치는 가슴을 억누르며, 당장이라도 부서질 것만 같이 팽팽하게 부푼 나무상자의 뚜껑에 손을 내밀었다. 빗장이나 자물쇠 같은 것도 없이, 맥없이 쉽게 열렸다.

주춤주춤 들여다보자, 들어 있던 것은,

돌멩이.

평범한, 굴러다니는 돌멩이다. 비즈 크기만한 것부터 주먹 크기만한, 둥글고, 세모나고, 마름모꼴에, 네모나고, 그 어느 것이라 말할 수 없는 모양의 새하얀 돌멩이들이, 상자 가득히 쌓여 있었다. 해변에서 굴러다니고 있는 조그만 돌들을 주워 담은 듯한, 산호나 바위 더미에서 끝부분을 잘게 부수어내 정성스레 갈고 닦은 듯한, 제멋대로 노는 파편들이 나무 상자에서, 데굴데굴데구르르, 딩굴딩굴딩구르르⋯⋯어깨를 맞대고 와작거리고 있었다. 힘이 빠졌다. 고개를 숙이고, 평범한 돌멩이들을 바라보았다. 새하얀 빛이 상자 벽면에 반사되어, 내부를 빵빵하게 팽창시키고 있다. 돌치고는 이상하게 하얗다. 물끄러미 바라보자, 평범한 돌이라고 생각했던 그것들이, 무언가 매혹적인 생기가 감돌고 있다고 생각한 순간, 한기를 느꼈다. 깜짝 놀라며 고개를 들었다.

뭐냐, 이 녀석들은.

이나구와라빈과를 돌아보았다.

―혹시, 너도, 이 돌이 된 것들과 나를 만나게 하려고 온 안내인이야?

여전히 눈도 깜짝하지 않는다. 메시지 하나도 전달할 기색이 보이지 않았다. 이 녀석, 보기와는 다르게 박정한 와라빈과다. 버려진 것에 대한 보복 같은 것도 아니고. 이대로는 서로 고립될 뿐이지 않은가. 이 이나구와라빈과의 모습은, 어쩐지 내게 애틋하게 사랑스러운 감정을 불러일으키는데도.

여기서 나는, 마지막으로 치달아가는 여행을 결산하기 위해서, 지금까지 지나쳐왔던 이런저런 의문들을 정리해 보기로 했다.

첫 번째로, 그토록 당신이 말했던, 이 이나구와라빈과에 대한 나의 책임이란 무엇인가. 그리고, 그 참혹한 참화란…….

무엇보다, 어떠한 예고도 없이 가랑비가 내리던 아침, 공백뿐인 몇 권의 기록 파일을 빡빡머리 방문자에게 받아, 바깥나들이가 낯선 나를 이렇게 예기치 못한 여행으로 이끈 장본인과의 관계는…….

그 장본인이란, 방금 전 만난 줄만 알았더니, 곧바로 바다 저편으로 사라져 버린 당신이었다고 생각해야 할까. 혹시, 이 이나구와라빈과인가, 아니면……. 당신과 와라빈과와의 관계는 깊은가, 얕은가. 이 이나구와라빈과의 맑은 녹색 눈동자가 당신의 것과 닮았는가. 닮았다면 닮지 않은 것도 같고, 닮지 않았다면 그런 것도 같은. 당신보다는, 어쩌면 나와 닮은 것도 같은. 나의 코나 눈매 입매,

손가락이나 귓불의 모양이나, 또, 걷는 모습이나 목소리라던가, 사소한 행동거지라든가……

한 사람이, 다른 한 사람과 닮았다는 건 어떤 의미일까. 닮았다는 것과 다르다는 것은, 어떤 차이가 있는 걸까.

아니, 아니, 라며 나는 머리를 감싸 쥐었다. 나와 이나구와라빈과를 비교하려 하면 할수록 나는, 나 자신을 알 수 없었다. 나는 더이상, 자신의 모습을 떠올리고 이미지화 할 수 없게 되었다. 여행을 떠난 후로는 거울을 보거나 유리나 수면에 자신의 얼굴을 비추거나 할 기회가 없었고, 계속해서 덮쳐오는 이해 불가능한 상황들에 말려들어가, 자신을 되돌아볼 새도 없었으니까. 게다가, 거울을 보지 않고 굳이 자신을 되돌아보지 않더라도 확인할 수 있을 정도로 스스로의 이미지가 명확했다면, 성급하게 이런 여행길에 오르지도 않았을 것이고.

이렇게 이런저런 의문을 열거해 나가 보니 정리는커녕, 의문은 의문인 채로, 관계의 끈은 오히려 뒤죽박죽이 되어 얽혀 버릴 뿐.

정말, 당신이란 사람도, 나에게 이 이나구와라빈과를 만나게 하는 것만이 역할이었을 뿐, 의문스러운 말을 던져놓고서 바다 저편으로, 깊숙한 곳으로, 홀렁, 삭삭, 사라져 버리니, 이 상황을 파악할 방편이 그야말로 없어지지 않았는가. 즉, 나는, 말도 듣지 않는 무표정 일변도인 이나구와라빈과, 당신을 향해서 일방적으로 말을 걸 수밖에, 다른 방법이 없는 것 같다.

─아아, 당신, 그렇다는 건, 이런 거였네, 당신은, 거기서 놀고

있는 평범한 이나구와라빈과와 같은 게 아니라는 말이지. 하지만 나는, 당신과 닮은 듯한 안내인과, 여기에 올 때까지 몇 번이고 만났지. 봐, 빡빡머리 녀석이거나, 야구 모자를 쓴 와라비거나, 다리가 불편한 미야라비거나…….

미동도 없는 눈동자에 저항하기 위해, 나는 가능한 한 큰 목소리를 냈다.

—그래서 말인데, 나는 당신을 특별한 안내인이라고 생각할 수는 없지만, 그 사람이 거창하게 말했던, 내가 그 참화 한가운데에 애처로운 당신을 내버려두었던 책임을 지는 법과, 이 돌멩이가 된 것들과, 무언가 특별한 관계가 있다고 말하고 싶은 거지, 당신은.

—…………

—아아, 그렇다면 말이지, 즉, 일이 어떻게 돌아가는지는 관계없이, 일단 나는 그것부터 제대로 이해하는 것에서 출발해서, 이 끝 장면을 시작해야만 한다고, 그런 걸 말하고 싶은 거지, 당신은. 하지만, 그건 무슨 소리인 거야, 대체, 이 상자 안의 돌멩이들은…….

그러자 와라빈과가, 갑자기 만세를 하듯이 양손을 들어올렸다. 달그락하고 상자 속의 돌멩이 하나를 집어 들더니, 홀딱 뒤집었다. 덜그럭, 드드드드, 데구르르르르. 일거에 돌멩이들이 쏟아져 나온다. 이나구와라빈과라고는 생각할 수 없는 힘이었다. 그 기세로, 부푼 상자는 엉망진창으로 무너져, 데굴데굴거리는 돌멩이의 산에 묻혀 버렸다. 남은 나무상자도, 이나구와라빈과의 손짓 하나로,

차례차례, 드드드드드데구르르르르……. 상자를 세 개 남겨놓은 시점에서, 만세하는 손을 멈추었다. 데굴데굴데구르르올록볼록한, 평범한 돌멩이 무더기가, 조그만 언덕을 만들어 자리를 차지하고, 아단 오두막 안에 새하얀 돌의 평원이 펼쳐졌다. Q마을 지하호에 묻혀 있던 그 뼈들이, 지상으로 옮겨져, 비바람을 맞고, 잘게 잘게 부서지면 이렇게 된다는 듯한 새하얀 돌의 평원.

뼈와 돌멩이는 무엇이 다른가.

눈에 보이는 형상과 색의 조합으로 볼 때, 닮았다고도 할 수 있다. 하지만, 물질의 내실은 전혀 다를 터였다. 애초 생물이었던 뼈로 만들어진 것과, 광물인 돌에 들러붙은 만들어진 것은, 같을까 다를까. 두서없이 멍하니 그런 생각들을 하고 있자니, 등 쪽에서 슬금슬금, 저벅저벅저벅 하는 기척이.

섬뜩하고, 돌아본 순간, 내 눈시울이 갑자기 뜨거워진다.

그곳에, 쭈욱 늘어서 있는 것은——.

틀림없는, 그 녀석들이다. 여행 이곳저곳에서 내가 기적과 같이 만났던, 바로 그 사람들. 맨 앞에 서 있는 것은, 여행 시작 즈음에, 아미지마가 보이는 해안에서 나에게 '지라바부두리'를 권했던, 촌장인 듯한 검게 그을린 섬 청년이다. 건장한 얼굴을 하고 있는데, 나이가 많은지 적은지는 여전히 잘 모르겠다. 그 뒤에는, 말라깽이, 꼬마, 뚱뚱보, 키다리, 제각기 다른 체형인 여자들이. 섬 청년을 둘러싸듯이 늘어선 각각에게 애교가 듬뿍 섞인 얼굴이, 하이하이하잇, 쫘아악, 쫘아악, 하고 물을 끼얹던 부두리의 흔들거리는 모습이나, 빙글빙글빙그르르 초스피드로 회전하는 해상 스핀으로 바닷물을 튀겼던 미야라비들의, 그 세계에 빠져드는 듯한 움직임이 떠올라, 무심코 얼굴이 풀어졌다.

말을 걸려 하자, 갑작스레 가로막는 것이.

지라바부두리를 하던 얼굴들의 명랑함을 일축하듯, 어두침침한 표정을 지은 미야라비들의 대열이었다. 〈바다에 가면海ゆかば〉[24]을 부르며, 낭떠러지 절벽에서 깊은 바다 끝까지 앞만 보고 스스로 뛰어든 젊은 미야라비들이었다. 대열의 선두에는 구식 검은 정장을 입고 어깨에 힘이 좀 들어간 이키가의 호령에 반응한 '차렷' 자세. 섬 청년에 대항하는 듯한 모습으로 밀려나와, 나를 사이에 두고 양 옆으로 늘어서 가로막는다. 나를 '치루'라고 부르며 '아픔 나누기' 의식에 끌어들인 이들이다. 마요라는 이름인데 치루라 불린, 다리에 상처를 입었던 미야라비의 모습도 보인다. 어두운 표정은 모두 그 때와 같다. 얼마나 끔찍한 상황에 처했던 건지, 주변에 있는 모든 사람을 적이라 규정하고, 과도한 경계심과 불신감이 드러났다.

그때 튀어나온 녀석들은, 산신과 북을 불룩한 배에 각자 끌어안은 뚱보와 꼬마. 지금이라도 챙챙챙챙 둥둥둥둥 무언가 퍼포먼스를 할까 싶었더니, 부푼 배를 내민 채 두 사람 모두 침울한 얼굴

---

**24** 만요슈(万葉集)의 구절에 1937년 곡을 붙여 만든 노래. 제2차 세계대전 당시, 라디오에서 옥쇄 보고를 전달할 때 틀어주던 노래이다.

로 서 있을 뿐. 황색으로 가운데가 갈라진 모자와, 매무새가 느슨해진 새빨간 헐렁한 의상이 흔들흔들 바람에 날리고 있다. 하이요—, 하이하이하잇, 하고 기세 좋게 '목숨의 축하 의식'을 시작하기에는, 지금은 무언가 중요한 것이 하나 부족하다는 것처럼.

제각각 아단의 마른 잎사귀를 마음껏 밟으며, 이 녀석이고 저 녀석이고 하나같이 내 쪽으로 시선을 보내고 있다. 나는 솟아오르는 뜨거운 감정을 안고, 달려갔다.

—아아, 여러분, 여러분, 이렇게 모여서…….

가슴이 뭉클하다. 한 번 헤어졌던 사람들과 생각지도 못했던 재회를 한다는 것이, 이렇게나 감동적인 일인가. 벅차오른 가슴에 양손을 얹고, 기도하는 듯한 마음으로 눈물을 참았다. 이것이 꿈인지 생시인지 모를 사람들과의 재회 장면에서 눈물짓는 건 보기 좋지 않다고 몇 번이고 먼 친척 할머니께 들은 적이 있던 것을, 순간 떠올렸기 때문이다.

짭짜름한 눈물에 닿은 기쁨은 반대로, 돌이킬 수 없는 깊은 슬픔으로 변화한다던가.

그 먼 친척 할머니는 이런 경험이 있었다고 한다.

할머니는 꼭 70년 전, 전사했다고 생각했던 남편부투이 뜻밖에도 살아 돌아왔을 때, 너무나도 기쁜 나머지 대성통곡을 했다고 한다. 그러나 그 남편이, 돌아오고 나서 한 달을 견디지 못하고 전장에서 걸렸던 말라리아가 악화되어 허무하게 죽었다. 싸움이 끝났는데도 불구하고 남편의 목숨을 앗아간 것은, 전장에서 가까스로 살아 돌아온 남편과 재회했을 때, 주변 생각도 안 하고 대성통곡한 자기 탓이라고 할머니는 생각했다. 그 이후로, 할머니는 어떤 역경시카라사루과 맞닥뜨려도, 어떤 행복한 일후쿠라샤이 있어도 한 방울의 눈물도 흘리지 않았고, 홀몸으로 밤낮 가리지 않고 일해, 굳센 어머니, 건강한 어머니라는 평판을 들으며, 두 아들과 전쟁 중에 태어난 딸 하나, 그리고 전쟁고아가 되어 거리를 헤매던 와라비 소년 두 명을 거두어 길러냈고, 어엿하게 자립시킨 후에, 12번째 손주가 초등학교에 입학하는 것을 지켜본 뒤, 불과 얼마 전에 수많은 아이들과 손주들에 둘러싸여 70년 전 떠나보낸 남편 곁으로 편안하게 여행을 떠났다. 그 사이, 할머니가 사람들 앞에서 눈물을 보이는 모습을 누구 하나 목격하지 못했다고 한다.

할머니의 이야기를 떠올린 지금, 나는 감동 때문이라고는 하지만, 기적적인 재회를 이룬 이 녀석들아카라 앞에서 눈물은 한 방울도 흘리지 않으려 한다. 돈 크라이다.

눈시울에 잔뜩 뭉쳐 있는 것을 깜빡깜빡거리며 밀어냈다. 가슴의 고동을 억누르며, 천천히 고개를 들어 그곳에 늘어서 있는 이들을 보았다.

그러나 내 고양감은 안중에도 없다는 듯, 그들은 모두 굳어버린 양 조용하다. 나를 보는 눈이 모두들 차갑다. 왜 그럴까. 그때, 바닷가나 가주마루 나무 아래에서, 해안 절벽 앞 광장에서 나에게 보여 주었던, 소리나 말들이나 움직임이 모두 봉인당한 것 같은, 그런 경직감이 들었다.

그곳에 늘어선 사람들의 무리를 뚫고 몸을 내민 사람이.

야윈 인텔리 느낌의 이키가다. 아아, 이 사람도 나이가 상상이 가지 않는 사람이었다. 번질번질 창백한 얼굴은 2세인 것 같았지만, 자연스러운 듯 가볍게 웨이브 진 롱 헤어에는 제법 많은 흰머리가 섞여 있다. 그랬다, 이 녀석은 Q마을 지하 구덩이에서 나를 기다리고 있던, 말더듬이 남자다. 지하에도 지상에도 미래는 없다고 했던, 향냄새가 나던 녀석.

아, 하고 떠올린다. 나는 이 녀석의 등을 통해 지상에 나온 것을. 그것은, 방금 전 일이었을 텐데, Q마을에서 만난 녀석들과 교섭했던 모든 것이, 벌써 먼 옛날 일인 것처럼 느껴져, 남자에게 업혔던 때의, 타들어간 등으로 녹여낸 그때의 기억을 말로 하기도, 곤란했다. 게다가 나는, 이 사람을 당신운주, 이라고 불렀었다. 생각지도 못하게 당신이라고 불렀던, 갑작스러운 기억의 격렬함이 가슴을 죄어온다. 나의 부름에 끄덕이며, 이제야, 기억해냈네요, 라고 이 녀석도 대답해 주었었다.

방금 전 바다로 사라졌던 당신도 이들과 어딘가 닮아 있다고 느끼자, 그 옆에서 빼꼼히 얼굴을 내민 것은, 나칸다카리 스에키치라고 소개했던, 야구 모자를 비딱하게 눌러 쓰고 있던 와라비. 와라비라 해도 이 녀석은 어딘가 눈치가 빠른데다, 신동이라 자칭하던 잘난 척하는 녀석이다. 한 번 보고 들은 것은 틀림없이 기억할 수 있다고 호언장담하고, 그 천재적인 재능을 발휘하면 몇 개 국어는 우습고, 소멸 위기에 처한 몇 개의 고대어까지 통달해 있다는

허풍을 떤 수상쩍은 놈이다. 그렇기는 했지만, Q마을에서 싱카누차가 목숨을 걸고 남겼던 '비밀 계획' 파일을 이곳에 전달해 준 공적은 대단히 감사, 니파이유ニファイユー, 고마워コマオー다.

그 '계획' 기록을 해독하여 실천으로 이끌어 준 것은, 중간 정도의 키에 야윈 2세였다. 튼튼한 벽에 둘러싸여 있던 적진에도 침입을 가능하게 한 비책, '고양이마야'나 '달팽이모모'나 '개구리아타비치'로 변신하는 '카멜레온의 기술'을 '특별한 훈련'이라 말하며 나에게 가르쳐 준 니세. 야구 모자의 뒤에서 가는 목으로 힐끔거리고 있다. 이 녀석들의 스파르타 세뇌 트레이닝의 성과는 지금도 훌륭하게 내 몸에 녹아들어 있을 터였다. 이 2세에게도 진심으로, 단디가ーダンディガー, 단디ダンディ, 라고 감사의 말을 건네지 않으면 안 된다. 덕분에 나는, 기록 파일의 페이지를 몇 장인가 메울 수 있었으니까. 그러고 보니, 이 녀석들에게도 희미한 섬 특유의 향내우코우카쟈가 났다.

이 향내는, 장례식에 감도는 섬사람들의 깊은 마음우무이을 나타내는 자취이다.

등 뒤에 늘어서 있는 이들이 발하는 희미한 숨결을 느끼며, 나는, 양손에 꼭 쥐고 있던 종이봉투를, 돌로 된 조그만 언덕 앞에 놓았다.

'Z'에서 'O'까지의 기록 파일을 꺼냈다.

한 권씩 손에 들고, 넘겨본다.

공백 중 몇 할 정도는 채울 수 있었다. 곳곳에 비뚤어지거나 희미해지거나, 손 떨림이 있거나 볼펜으로 갈겨 쓴 글씨가, 내가 써넣은 부분이다. 길가나 풀숲, 나무 아래나 바위 그늘에 웅크리고 앉거나, 모르는 사람 집 처마 밑에 들어가기도 하며 사각사각 펜을 굴렸었다. 나를 불러 준 무리들의 친밀한 목소리, 몸짓, 그들이 머물렀던 곳을 가능한 한 정성껏 기록하려고 했다. 말을 찾지 못해 난감해져, 한숨을 쉬며 머리를 감싸 쥐고, 슬퍼하기도 했고, 괴로워하기도 했고, 울고 싶기도 했다. 또 가끔은 기억이 떠올라 울다가 웃다가……. 그렇게 나는, 여행 도중에 들었던 것, 보았던 것을 마음에 담아 사각사각사각 펜을 놀렸다.

'기록O'의 마지막 페이지.

내 글씨체가 아닌 이런 한 문장이 있었다.

"적에게서 몸을 지키고 적을 섬멸하기 위한 최고의 작전은, 이곳에서 무심히 토우네トゥネー의 목소리를 높이는 것이다, 토우토우토우토우トゥトゥトゥトゥ……"

# 여행하는 파나리, 파나스의 꿈

—사키야마 다미의 이나구[25]

나카자토 이사오仲里効

## 1. 목소리와 이야기의 경계

왜 쓰는가, 오키나와에서 쓴다는 행위는 어떠한 언어를 둘러싼 딜레마를 받아들이는 것인가 하는 질문을 던져본다. 표준일본어가 오키나와어를 구축해가고 있는 현재, 이런 질문이 얼마만큼 유효한지는 의견이 엇갈리는 지점이 있다. 그러나 시대와 작가에 따라 차이는 있겠지만, 오키나와어의 표출이 두 가지 언어 사이에서 끊임없이 흔들리며 이루어져 왔음은 부정하기 어려울 것이다.

메도루마 슌目取真俊이 독자적인 문자 체계 없이 근대 일본에

---

25 이 글은 나카자토 이사오의 『슬픈 아열대언어-오키나와 · 교차하는 식민지주의(悲しき亜帯言語帯－沖縄 · 交差する植民地主義)』(未来社, 2012) 2장에 수록된 「旅するパナリ, パナスの夢-崎山多美のイナグ」를 완역한 것이다. 사키야마 다미 작품세계에 있어 시마고토바가 갖는 의미는 매우 중요하다. 이에 관해 한국 독자의 이해를 돕기 위해 사키야마 다미 선생님의 허락 하에 수록하게 되었다. 귀중한 글을 흔쾌히 허락해 주신 나카자토 이사오 선생님께 깊은 감사를 전한다.

편입되었던 오키나와어의 '한계'와 점차 사라져가는 여러 류큐어琉球語에 대한 '슬픔'을 글쓰기를 통해 표출해 왔다면, 사키야마 다미는 표준일본어와 오키나와어의 틈새에서 글을 써야하는 데에서 오는 갈등을 끌어안아왔다고 할 수 있다. 그 예민한 검열은 메도루마 슌와 더불어 오키나와 현대 작가들 중에서 단연 두드러진다. 예컨대, 「말의 풍경―'앗파'와 '안나'와 '오바'의 틈새에서コトバの風景―〈アッパ〉と〈アンナ〉と〈オバァ〉の狭間で」(초출은 『EDGE』 7호, 1998년, 이하 「언어의 풍경」으로 약칭) 안에서, 도미오카 다에코富岡多惠子의 『일본·일본인ニホン·ニホン人』(集英社文庫, 1978)에 수록된 「방언이라는 모국어方言という母国語」를 언급하며, 간사이関西 출신의 도미오카가 도쿄어에서 느꼈다는 '주저와 불안'이 자신의 그것과 어떻게 다른지 언급하고 있다. "혼란은 오로지 말할 때 일어나며 불안도 거기에서 파생한다. 나의 경우, 글을 쓸 때는 방언으로 인한 혼란은 거의 없다"라는 구절에 주목하면서, 말을 할 때는 혼란이 있을지언정, 방언이 글쓰기를 방해한 적은 없다고 주장한다. 이는 표준어와 오키나와어 사이에서 끊임없이 고뇌해온 오키나와 작가들이 볼 때 얼토당토않은 발언이 아닐 수 없다. 사키야마는 '주저와 불안'은 오직 말할 때에만 관련되며, 글을 쓸 때는 문제가 되지 않는다는 도미오카의 주장을 반박하며, 말하는 것과 글쓰기는 지리적 거리에 의해 차이가 나는 것이 아니라, 본래부터 별개의 것이라고 지적한다. 두 사람의 차이는, 오사카와 오키나와라는 도쿄로부터의 지리적 격차뿐만이 아니라, 다름의 다름, 차이의 차이 같은 것이 존재한다는 점에 주목한다. 다시 말해 "오키나와의 작가들이 좀처럼 익숙해지지 못한 일본어(표준어)와 우치나구치ウチナーグチ의 틈새에서 괴롭게 갈등하면서, 어떻게든 우치나구치가 일본어권에 속하도록 노력해온 것은 (중략) 권력의 언어인 표준어에 기대어 자기표현을 할 수밖에 없는 위화감과 굴욕감, 맥 빠짐, 불편함, 공허함이 오키나와 작가들로 하여금 일상어였던 시마고토바シマコトバ로 향하게 한 것이 아닐까"라고 적고 있다. 아울러 "일본어(표준어)와 우치나구치와의 틈새"라든가, "권력의 언어인 표준어"에 대한 위화감을 품은 복합적인 감정 등에서 도미오카의 오사카와 사키야마의 오키나와가 놓인 언어 환경의 근본적인 차이를 찾을 수 있다.

여기서 말하는 "위화감과 굴욕감, 맥 빠짐, 불편함, 공허함"은, 메도루마 슌이 품고 있는 '슬픔'을 사키야마 식으로 바꿔 표현한 것이리라. 앞서 도미오카 다에코를 언급하면서 사키야마 다미가 지적한 "차이의 차이"라는 것은, 표준일본어가 내포한 '주저와 불안'을 국어 / 방언의 틀 내부에서 처리할 수 있는지의 여부와 관련이 있다. 사키야마가 느낀 "위화감과 굴욕감, 맥 빠짐, 불편함, 공허함"을 이해하기 위해서는 좀더 설명이 필요할 것이다. 이런 복합적인 감정이 오키나와 안의 글쓰기를 계승하고, 글쓰기를 재촉하는 딜레마이자 강한 충동으로 작동했다.

사키야마 다미 소설의 특징은 무엇보다 '목소리'에 대한 예민한 감응력에서 찾을 수 있다. 앞서 보았던 「말의 풍경」에는, 유년기를 보낸 이리오모테 섬西表島 서부 한 마을의 언어 환경을 엿볼 수 있는 장면이 등장한다. 그곳은 전후戰後 얼마 안 되었을 무렵 입식지入植地였으며, 사키야마의 부모님은 미야코宮古 말을 썼지만 이웃집 사람은 하토마鳩間 말이나 소나이祖內 말을 써서 서로 다른 말과 억양 때문에 웃었던 일, 입식지라는 특수한 환경 때문인지 여러 다양한 언어가 사용되었던 기억을 떠올린다. 그 중에서도 특히 사키야마에게 큰 감응을 준 것은, 이웃 하토마 섬에서 온 입식자 가족들이 사용하던 말이다. 특히, 여섯 명의 손주들이 할머니를 부를 때 쓰던 '앗파阿ッ婆'라는 단어가 그러했다. 왜냐하면 사키야마의 부모님은 할머니를 '안나阿ン母'(실제로는 어머니를 일컫는 말)라고 불렀기 때문이다. "두 개의 말을 교환交換하고, 교환交歡시켜 나 자신의 소설 용어로 쓰기 시작했다"라는 고백에서 알 수 있듯, 어린 사키야마를 뒤흔들어놓은 '앗파'와 '안나'라는 말은 훗날 그녀를 작가로 이끄는 데에 중요한 역할을 하게 된다.

앗파도 안나도 나에게는 이미 먼 옛날에 잃어버린 음성音声이다. 잃어버렸음에도 불구하고, 아니 잃어버렸기 때문에 비로소 그것이 둘도 없는 소중한 말임을 깨달았다. 그러자 어떻게든 그 말을 써서 남기고 싶다는 충동에 사로잡혔다. 그 충동이, 지금에 와서 생각해보니 나의 글쓰기의 에너지였다고 느낄 때가 있다.

"잃어버렸음에도 불구하고, 아니 잃어버렸기 때문에 비로소 그것이 둘도 없는 소중한 말임을 깨달았다. 그러자 어떻게든 그 말을 써서 남기고 싶다는 충동에 사로잡혔다"고 하는 언급은, 사키야마로 하여금 글을 쓰게 한 동력이, 이렇듯 역설이라고도 모순이라고도 말하기 어려운 잔잔한 파동에 의한 것이었음을 알 수 있다. 여기에 더하여 사키야마의 글쓰기는 "아직 존재하지 않는 희망"을 찾는 일이기도 했다. 잃어버린 소중한 것을 미생未生으로 전생轉生시키는 것, 그 일견 모순된 양의적인 장소야말로 사키야마 소설의 말이 태어난 장소이기도 했다.

에세이 「'소리의 말'에서 '말의 소리'로〈音のコトバ〉から〈コトバの音〉へ」(초출은 『EDGE』 11호, 2000년)에서도 이와 유사한 발언을 한다. 즉 "내게 남겨진 것은, 귀를 간지럽히며 사라져버린 '소리의 말'에 대한 생각을 어떻게 재생할 수 있을까 하는 초조함이다. 내 신체를 뒤흔들고 충격을 안겨준 저 소리를 어떻게 문자로 옮길 것인가, 내가 만들어낸 말을 조금이라도 접해본 이들의 귀에 어떻게 '말의 소리'를 전달할 것인가"하는 문제다. 이 '소리의 말'과 '말의 소리'에 대한 관심은 사키야마 소설에서는 청력기관과 같은 것으로, 이는 '소리'의 회복이라는 형태로 회구되며, 그 소리는 또한 시마우타島唄에 깊게 빠져 들어가는 뜻밖의 사태를 통해 드러난다. 사키야마를 사로잡았던 것은 다름 아닌 "노래 사이사이에 토해내는 '모음母音의 숨소리'"이다. 즉, "시마고토바의 모음의 마찰음"인 것이다. 우타사うたさ―, 즉 시마우타를 노래하는

가수의 목소리와의 만남이 사키야마로 하여금 '말 찾기 여행'으로 강하게 이끌었던 것이다. "전적으로 쓰는 문자에만 의지할 수 없는 표현 행위에 '목소리'를 담아내고자 하는 욕구를 가진 자"가 바로 사키야마라는 소설가인 것이다. 사키야마의 소설에는 이러한 환상적이고 유혹적인 목소리(시마고토바)의 속삭임이 몇 겹이나 덧대어져 있다. 그런 점에서 사키야마 다미는 귀를 펜으로 삼아 글을 쓰는 몇 안 되는 작가 중 하나라고 할 수 있다.

## 미혹惑乱하는 목소리와 언어

'무이아니ムイアニ'라는 이상한 소리가 갑자기 여자의 귓불을 간지럽히는 장면에서 시작하는 「무이아니 유래기ムイアニ由來記」는, 그러한 '소리의 말'과 '말의 소리'를 둘러싼 괴기담 혹은 환상담으로 읽을 수 있다.

그 이후부터다. 기묘한 습관 때문에 고민하게 된 것은. 매일 아침, 눈을 뜨면, 무이아니, 라고 한 번도 아니고 몇 번이고 중얼거리는 내 목소리를 듣게 된 것이 말이다. 급기야는 이 네 음절에 무언가 특별한 세계로부터의 메시지가 담겨 있는 것은 아닌가 하는 엉뚱한 생각에 사로잡히기도 했다. 그것이 과연 일본어인지 어쩐지 조차 알 길이 없는데도.

"일본어인지 어쩐지 조차 알 길이 없는" 네 음절이 연속되는 '무이아니'라는 '소리'는, 게다가 "남자인지 여자인지, 어린이인지 젊은이인지 노인인지"도 분간이 안 된다. 아니, 그 어느 쪽으로도 보이는 "수상쩍지만 묘한 친밀감이 느껴지는 축축한 소리"다. 게다가 그 '소리'는 밖에서 들려오는 것인지 안에서 들려오는 것인지이 목소리는 "표준어인지 조차 가늠이 안 간다. 다시 말해 '무이아니'라는 네 음절의 연속된 소리는, 중층적으로 결정된 '장소 아닌 장소', '주체 아닌 주체'로부터의 '소리', 소속이 결정되는 것을 거부하고 의미로 환원되지 않는 그 자체의 힘으로 살아가는 '소리'의 질감이라고 밖에 달리 표현할 길이 없다. 하나의 의미로 수렴되는 것을 애써 회피하는 그 '애매함'이 오히려 전략이라면 전략이다.

주인공은 신문사 서평이나 교정 아르바이트로 생활하고 있는 30대 중반의 독신여성이다. 어느 날 밤, 여자에게 느닷없이 전화가 걸려와, "이봐, 당신 왜 빨리 안 오는 거야 (えーひゃあっ, 何ーが, 汝ーや, ぬーそーが)"라는 새된 목소리가 쏟아진다. 그 목소리는, 오늘이 약속한 5년째가 되는 날이라 모두들 기다리고 있는데 왜 빨리 안 오느냐며 질책한다. 주인공 여자는 전혀 기억이 없지만, 수화기 너머의 단정적이고 딱딱한 여자의 섬 사투리를 듣고는, "기억의 파일에서 중요한 무언가가 슬쩍 빠진 게 아닐까"하는 불안감에 휩싸인다. 불안감은 점차 강박관념으로 변해간다.

어떤 함정이 있을지 모른다고 의심하면서도 '약속 장소'로 이끌리듯 나간다. 만나기로 한 사람은, 주인공 여자와 고하구라古波藏가의 어머니, 그리고 그 집 후처인 50대 여자와 전처 사이에서 태어난 20대 중반의 여자이다. 주인공 여자는, 5년 전 2월 30일, 태어난 지 100일 째 되는 아기 머리맡에, 이 집에서 도무지 살 수 없게 되었다는 것, 이 아이가 필요하다면 맡아줘도 된다는 것, 5년 후 이 아이가 학교 들어가기 전 생일에 데리러 오겠다는 것, 이 아이는 내가 낳은 아이니 내 허락 없이 고하구라 집안이 멋대로 이 아이의 앞날을 정하는 건 허락하지 않겠다는 것 등의 내용을 담은 편지를 남기고 집을 나왔다. 이들 네 명의 여성은, 약속한 5년째가 되는 오늘, 아이의 일을 담판 짓기 위해 어떻게든 만나야 했던 것이다.

「무이아니 유래기」는, 사키야마의 에세이 「말의 풍경」이나 「'소리의 말'에서 '말의 소리'로」에서 표방한 말에 대한 사유를 소설로 체현한 것이다. 이 소설 문체의 특징은, 두 가지 말의 대립을 내포한 상호교섭으로 요약할 수 있다. 그것은 "이봐, 당신 왜 빨리 안 오는 거야."라며 주인공의 평온한 일상을 깨며 걸려온 한 통의 전화로 인해, 그리고 "내 앞으로 느닷없이 날아든 갑작스러운, 이 목소리. 이 지독한 섬 사투리와 함께 여자는 평온무사함을 가장하고 있던 나의 생활을 송두리째 뒤집어 놓게" 되면서 드러나게 된다. 즉, '소리의 말'은 무엇보다 평온무사한 일상을 교란시키는 것으로, 또 "매일 매일을 오염된 표준어로 살다보니 머릿속까지 멍청해"진 50대 여자를 "그런 말로 꾸짖어줄 필요"에서 비롯되었다고 말한다. 그리고 그리하도록 시킨 것은 다름 아닌 '안나'다. '안

'나'의 존재는, 주인공을 데리러 온 20대 후반의 올 블랙으로 차려 입은 여자의 입을 빌어, "저렇게 평온한 나날을 살아온 사람의 마음을 한순간에 파괴해릴 만큼 지독한 사투리를 구사할 수 있는 사람은, 요즘은 그렇게 많지 않지. 저런 사람은 이제 이 섬에서도 찾아보기 힘들 걸. 뭐, 박물관에서나 들을 수 있는 음성이라고나 할까"라고 묘사한다. 여기서 시마고토바는 소통의 도구가 아니라, 평온한 일상과 사람의 마음을 파괴하는 이물질로 규정된다. 머리가 "멍청해"질만큼 표준어에 오염된 일상과 머리를 뒤죽박죽 교란시키는 역할을 맡고 있는 것이다. 그 사실을 일깨워주는 이는, 50대 여자와 20대 후반 올 블랙 차림의 여자 뒤에서 그림자처럼 존재하는 '안나'에 다름 아니다. 그러나 그녀의 목소리 또한 박물관에서나 듣게 될, 머지않아 사라져버리게 될 존재임을 암시한다.

이 '소리의 말'과 '말의 소리'가 표준일본어의 일상을 어떤 방식으로 교란시키는지는 소설의 모두冒頭 부분에 제시되고 있다. "이봐, 당신 왜 빨리 안 오는 거야."에 이어서 쏟아지는 시마고토바를 따라가 보자.

당신 말이야,

(汝—や)

라고 말한 후, 잠시 뜸을 두고는,

－빨리 오지 않고, 뭐하는 거야, 보나마나 쓸데없는 소설에 푹 빠져 있겠지.

（今までぃ来ーんそーてぃ，またん，チャー成らんムヌガタイなんか，テレーと読んでるんでしょうが.）[26]

　이 목소리는 "표준어가 섞인 시마고토바"로 변환된 것으로 볼 수 있는데, 두 언어 사이에 아주 미세한 힘의 경합이 벌어지고 있음을 간파할 수 있다. 그 힘의 차이가 표준어와 시마고토바의 관계를 결정짓는다. 여기서는 시마고토바의 줄기에 표준어가 흘러들어가 밀착된 말이라는 것을 알 수 있다. 이어서 다음과 같은 목소리가 이어진다.

　　－기다리고 있다니까－, 모두들 당신이 오기를 말이야. 하루 종일 쭈욱 말이야, 쭈－욱. 아뇨 진짜, 사람을 이렇게 기다리게 하고－, 당신이란 사람 너무하네.
　　（待ってるんだからねー，皆んな，あんたが来るのさ．いちにちじゅうずーっとだよ，ずーっと．ハッサもう，人をこんなにまたせておいてー，なんてヒトかね，あんたってヒトは.）

　여기서는 "섬 사투리가 강한 표준어로 다시 변환"되고 있듯, 표준어의 줄기에 시마고토바가 밀착된 형태를 보인다. 이러한 "표

---

26 사키야마 다미 특유의 언어 표현이니만큼 한국어로 번역하는 데에 많은 한계가 있었다. 이에 원문을 병기해 놓기로 한다.

준어가 섞인 시마고토바"에서 "섬 사투리가 강한 표준어"로, 또 "섬 사투리가 강한 표준어"에서 "표준어가 섞인 시마고토바"로 변환과 반전이 반복되는 것이 사키야마 문체의 특징이라고 할 수 있다. 두 가지 언어의 경합 양상은 작품 곳곳에서, 특히 50대 여자의 목소리를 통해 엿볼 수 있다. 이와 같은 표현을 좀더 인용해 보자. "저기 말이야, 아무래도 좋으니까, 빨리 와, 당신이 오기만하면 문제는 다 해결되게 돼 있어―"(えェ, 何―やてぃん, 済むんョ, 早―くナ―来―ョ―, あんたが来さえすれば, 問題は何もかも解決することになってるんだからさ) ―, "뭐야, 당신, 뭘 그렇게 서둘러, 이 사람은 지금 막 왔잖아, 자자, 이것 보라구, 우왕좌왕하잖아"(何も, あンた, そうガタガタせんでも, この人は今来たばかりで, えェ, 見てごらん, 右往左往して), "휴우, 짜증나는 사람이네, 이 안나도, 다 죽게 생겼다니까(강조는 원문)"(ハぁ, いやなヒトだね, この阿ン母も, 死な死な―していたと思ったのに) 등등. 또한 문자에만 의지할 수밖에 없는 표현 행위에 '소리'를 담아낸 표현으로는, "투루바루(トゥルバル)" "쿠누햐(クヌヒャ―)" "사―라나이(さ―らない)" "에―햐앗(え―ひゃあっ)" "앗케사미요(呆っ気さみョ―)" "소우누기타후라―(精抜ぎたフラ)―" "누가와루(ヌガワル)" "힌기마―이(ヒンギマ―イ)" 등이 있다.[27]

---

27 시마고토바 표현인데, 대략의 의미는 다음과 같다. 「トゥルバル」(당황하다, 허둥대다), 「クヌヒャ―」(이 녀석, 이놈), 「さ―らない」(어서 빨리, 지체 없이), 「え―ひゃあっ」(어이, 부르는 소리), 「呆っ気さみョ―」(저런, 깜짝 놀랐잖아), 「精抜ぎたフラ―」(정신 빠진 녀석, 바보 같으니라고), 「ヒンギマ―イ」(이리저리 도망치다, 피해 다니다)

주의를 요하는 것은, 소설의 첫 장면에서 수화기 너머로 들려온 "표준어가 섞인 시마고토바"와 "섬 사투리가 강한 표준어" 이 두 개의 언어를 전달하는 매개자가 '안나'도 아니고 20대 후반의 여자도 아닌, 50대 여자라는 점이다. 이는 두 언어를 둘러싼 경합이 세대에 따라 다르게 투영되고 있음을 의미한다. 30대 중반의 주인공 여자는 50대 여자가 두 가지 언어를 상호 변환하며 교란하는 것을 그냥 듣기만 하는 위치에 자리하며, 20대 중반의 여자는 시마고토바를 말하지 못하고 표준일본어만 구사한다. 그리고 주인공을 죽음의 문턱에서 기다리고 있는, 시마고토바 네이티브라고 할 수 있는 '안나'의 존재가 제시된다. 여기서 흥미로운 것은, "이제 곧 기력이 다해버릴" 노파에게 오키나와어의 죽음을 투영시키고 있는 점이다. 죽어가는 '안나'를 대신해 50대 여자가 말한다.

> "기다리고 있었어, 안나는." (待ちかんてぃー居たんどー,  阿ン
> 母や)
> 50대 여자의 목소리는 부드럽고 상냥했다. 그러나 강한 위압감이 느껴지던 수화기 너머의 목소리와 음색이 묘하게 겹쳐진다. 혼란스러운 가운데, 기다리고 있었어 (待ちかんてぃーうたんどー), 라는 억양의 울림에 내 마음은 흔들흔들 이끌려갔다.

여기서 "흔들흔들 이끌려"가며 마주한 것은, "내게 남겨진 것은, 귀를 간지럽히며 사라져버린 '소리의 말'에 대한 생각을 어떻

게 재생할 수 있을가 하는 초조함이다. 내 신체를 뒤흔들고 충격을
안겨준 저 소리를 어떻게 문자로 옮길 것인가, 내가 만들어낸 말을
조금이라도 접해본 이들의 귀에 어떻게 '말의 소리'를 전달할 것
인가"라는 방법론적 문제와 "잃어버렸음에도 불구하고, 아니 잃
어버렸기 때문에 비로소 그것이 둘도 없는 소중한 말임을 깨달았
다. 그러자 어떻게든 그 말을 써서 남기고 싶다는 충동"을 작품화
하는 문제에 다름 아니다. 사키야마 다미의 '소리의 말'을 '말의
소리'로 기록하는 여행은, 이처럼 과거의 향수로 회귀하려는 것이
결코 아님을 알 수 있다. 그런 것이 아니라 잃어버린 것을 애석해
하며 "아직 존재하지 않는 희망"을 말하는 것으로, 말을 둘러싼 풍
경을 쇄신하고자 한다. 사키야마 다미 소설의 배후에서 "소리, 란,
무엇, 인가"라는 질문이 끊임없이 울려 퍼지는 것은 바로 그 때문
이다. 그리고 그렇게 질문하는 '소리'는 이야기의 경계를 미혹시
키면서 말의 영역을 심화시켜 간다.

## 2. 유행遊行하는 소리와 말의 유문流紋

그렇다면 '무이아니'란 대체 무엇을 의미하는 것일까? 사키야
마 다미의 언어 표출의 특징을 확인하기 위해 소설의 첫 장면을 떠
올려보자. 주인공인 30대 중반 독신여성이 잠을 이루지 못하고 별
이 총총히 떠 있는 밤하늘을 올려다보고 있을 때, 귓불을 간지럽히
는 그 소리를 듣는 장면에서 시작된다. 처음에는 환청이라고 생각

했지만, 매일 아침, 눈을 뜨면, 무이아니, 라고 한 번도 아니고 몇 번이고 중얼거리는 자신의 목소리를 듣게 되는 기묘한 습관에 고민하다, 무언가 특별한 세계로부터의 메시지가 담겨 있는 것은 아닐까 하는 엉뚱한 생각에 사로잡히기도 한다. '무이아니'라고 중얼거리는 그 소리는, 성별이나 연령을 알 수 없는데다 남 / 여, 아이 / 노인, 내부 / 외부의 구별도 가지 않는다. 게다가 일본어인지 아닌지도 구분이 가지 않는다는 점에서 비결정非決定의 장場이라고 할 수 있다.

즉, '무이아니'라는 연속된 네 음절은 의미나 자기동일성으로 수렴되지 못하고, 출처가 불분명한 울림의 다중성을 띤다. 단순한 소리의 연속에 불과한 것이다. 그것은 '무이아니'가 말을 둘러싼 문제와 관련되어 있으리라는 것을 시사한다. 이처럼 수수께끼 같은 네 음절은 하나의 소리로 도래하고, 음성音声과 의미는 겹쳐지지 않는다. 목소리声와 의미 사이에서 빈틈없는 유극遊隙으로 의미의 부재 사이를 떠돌게 된다. 의미는 공중에 뜬 채로 '무이아니'라는 연속된 소리音와 함께 유행遊行하게 된다. 읽는 이로 하여금 초조함을 느끼게 하는 비非의미화 전략이, 사키야마의 '소리音'와 '목소리声'에 대한 편애와 관련이 있으리라는 점은 분명해 보인다.

그러나 그 유래는 명확히 밝혀야만 한다. 무엇으로? 어떻게? 사키야마는 '무이아니'의 유래를 유서 깊은 명문가의 후계 계승을 둘러싼 장소에서 찾는다. 또한 스스로를 '투루바리증トゥルバリ症', 즉 '돌발성 부분 기억상실증'에 빠졌다며 자조하는 주인공에게서도 찾는다. 명문가에 억눌려 사는 다야ダヤ— 아들과 관련된 다섯 명의 여자(다야 아들의 모친인 임종 직전의 노파, 첫 부인과의 사이에서 태어난 20대 후반의 여자, 후처인데 아이를 낳지 못한 50대 여자, 다야 남자의 애인이었던 것으로 추정되는 30대 후반의 주인공, 그리고 모습은 드러내지 않지만 농밀한 기색으로서 존재하는 그의 딸)가 주요 인물로 등장하며, 남성인물을 최소화하는 젠더전략을 구사한다. '출산하는 성産む性'으로서의 자기인식과 자기분열. 이 '분열'은 아이를 출산한 경험(현실)을 망각한 주인공의 '투루바리증'으로 인해 한층 심해지며, 현실과 환상, 과거와 현재라는 경계의 리얼리티는 사라지고, 비결정의 보석保釋상태가 된다. 주인공은 모든 국면에서 소극적이며, 스스로의 의지로 움직이는 일이 없다. 의지가 없는 것이다. 주인공이 움직이는 것은 오로지 타자로 인해, 이 경우는 죽음을 앞둔 노파의 '덫'으로 보이는, 집안의 대를 이을 딸의 모친이라는 사실 때문이다. 주인공은 집안의 대를 이을 딸의 어머니라는 사실을, 얼마 남겨져 있지 않은 사진이나 자비로 출판한 시집, 탯줄, 단편적인 기억 등을 통해 서서히 인정하게 된다. 아니, 인정하지 않을 수 없게 된다.

결국, 여자들이 제시한 '물건'이나 '사건'의 단편적인 기억과 피할 수 없는 증거들을 통해 자신이 아이를 출산했다는 사실을 인지하게 되고, 그 아이를 찾기로 하지만, 그 아이의 이름조차 기억이 나지 않는다. 올 블랙 차림의 20대 여자와 50대 여자가 알려준 아이가 있는 곳으로 빨려 들어가듯 걸어가는 것으로 소설은 막을 내린다.

안야사야 - (あんやさや-), 하며 어깨를 움츠리더니 곧바로 야사, 야사(やさ, やさ), 하며 시끄럽게 떠들어대는 50대 여자의 신바람 난 기세가 나를 부추긴다. 나는 상체를 마당에 들이민 듯한 자세가 되었다. 그 때, 영차, 하는 소리에 맞춰 두 여자의 손이 동시에 내 등을 밀었다. 앞으로 푹 고꾸라지며 맨발이 서늘한 흙을 밟았다. 깊은 어둠의 터널이다. (중략) 나를 이끄는 연쇄음에 귀를 기울인다. 그것은 점차 팽창하며 밀려올 것 같다. 무심코 그 쪽으로 손을 뻗었다. 소리가 이어지는 와중에 나무로 이루어진 터널을 꿰뚫는 높다란 목소리를, 그 때 나는 들은 것이다. 무이이아아니이 -, 라고 하는. 불린 것인가 부른 것인가. '모리아니杜阿仁' 라고도 '모리아네守姉' 라고도 들린 그 떨리는 음성의 나무의 영靈에게, 한 번 더 나는 대답했다. 무이 아니 -. 갑자기 아련하게 안타까운 감정이 되살아난다. 더없이 사랑스러운 존재와 만나기 위해, 나무 사이로 어둠 속을 달렸다. 그러자 한 발 한 발 옮길 때마다 몸에 얽혀드는 어둠의 장막이 한 장 한 장 벗겨지는 것이었다.

이 마지막 장면에서 '무이아니'에 대한 답을 찾을 수 있을까? 아이에 대한 안타까운 마음이라든가 "더없이 사랑스러운 존재"임을 표출하는 것에서 자신이 배 아파 낳은 아이라는 것을 짐작케 하지만 이것 역시 확실한 것은 아니다. 단지 '무이이아아니이―'라는 소리만 소리 그 자체로 떠돌고 있다. "찾는 소릴까, 부르는 소릴까. '모리아니杜阿仁'라고도 '모리아네守姉'라고도 들리는 저 떨리는 음성의 메아리"라는 구절은 다양한 해석을 요한다. "찾는 소릴까, 부르는 소릴까"라는 문장에 주목해 보면, 어머니일지 모르는 나라는 주체와 딸일지 모르는 객체의 관계를 반전시킬 위험이 있으며, '모리아니'로도 '모리아네'로도 들리는 메아리 소리는 '무이아니'가 딸의 이름이라는 사실을 애매하게 만든다. '모리아니'로도 '모리아네'로도 들리는 '무이아니'라는 '소리의 말'은 오히려 짙은 '어둠'의 존재와 나를 키운 '또 하나의 여성' 혹은 자기자신일지 모른다는 해석을 가능케 한다.

사키야마 다미는 막다른 마지막까지 독자를 불안하게 만드는 비결정의 장으로 인도한다. 이 비결정의 장은 사키야마 소설 특유의 언어체험에서 기인한 듯하다. 그 언어 체험을 여기서는 언어와 의미의 '유극遊隙'이라고 정의하기로 하자. '무이아니'란 무엇인가를 물었던 첫 장면에서, 그 연속된 네 음절은 모든 귀속과 영역領域에서 자유로운 애매한 소리에 지나지 않았다. 순수하게 소설 내용에서 추출할 수 있는 것은, '무이아니'의 유래가 출산 경험이 있는 여성의 깊은 '균열', 아니 오히려 '균열'이라는 것은 여성이 '출산하는 성'으로 스스로를 자각하고 있는지의 여부와 관련이 있는 듯하다. 그와 같은 사실은 주인공인 30대 여성의 혼란의 원인이 '투루바리증'이라는 '돌발성 부분 기억상실증'에 있으며, 그

증상은 "여자라는 사실 자체에서 오는 '균열'임을 인정하지 않으려는 그 완고한 마음 깊숙이 갇혀 있었던 것에서 비롯된 것은 아닐까. 그곳으로부터 나왔지만 이 세상의 무게를 감당하지 못하고 두려워하다 투루바리, 그 증상에서 도망침으로써 자신의 몸을 보호해온 것은 아닐까"라는 소설 속 표현을 통해 추측 가능하다. 그러나 그것은 어디까지나 자문하는 방식의 간접 화법에 그치고 있다. "아마도 나는"이라든가 "~인 게 아닐까"라는 추측성 물음을 던지고 그에 대한 명확한 답은 피한다. 그 애매함과 비결정성은 소설 내내 이어지며 마지막까지 명쾌한 답을 주지 않는다. "내가 낳았다는 현실적인 존재와의 대면"이라는 표현이 등장한다 하더라도 말이다. 단순히 아이를 낳았다는 데에서 감지되는 '균열'의 사례를 좀더 찾아보자.

예컨대, 원룸을 거의 점령하고 있는 책 더미를 정리하고 있을 때, 너덜너덜한 문고본 사이에서 한 장의 사진(누런 봉투에 든 아기 사진)이 삐져나온 것을 깨닫고 손을 뻗은 순간, 무너져 내린 책 더미에 머리와 등을 세차게 맞고는 "꺄앗야아아ー(ぎゃあっやぁぁ)ー""홋갸헤아아ー(ふっぎゃあへぇああ)ー""홋게야구아ー(ほっぎぇやぁぐはぁ)ー"라며 내지르는 기괴한 의성어는 아이의 탄생과 함께 살점이 떨어져 나가는 모체의 격렬한 '균열'을 상기시킨다. 우리들은 다시 질문을 던질 수밖에 없다. '무이아니'가 대체 무엇이냐고. '무이아니'란 어쩌면 "여자라는 균열 그 자체"이며, 그 균열이 비결정의 영역에 갇혀 아직 명명되지 못한 채 소리로만 존재하

는 것은 아닐까. '무이아니'라는 음성 그 자체의 자기언급성을 통해 표출되는 일종의 언어 체험이라고 할 수 있지 않을까.

그렇다면 '무이아니'란 설명 불가능한 이異언어인 걸까, 아니면 오키나와어로 사키야마 다미가 창조적으로 만들어낸 조어인 걸까, 라는 또 하나의 질문이 제기될 수 있다. 남자인지 여자인지, 아이인지 노인인지, 내부의 소리인지 외부의 소리인지 알 수 없던 그 목소리. 찾는 소리이기도 하고 부르는 소리이기도 한 자기언급적인 목소리. 바로 이 지점에서 우리는 사키야마 다미의 소설을 읽는다는 것은 곧 어떤 특유의 언어 체험을 통해 수수께끼 같은 구역으로 헤매며 들어가는 것임을 알게 될 것이다.

앞서 인용한 마지막 장면에서 이미 간파했겠지만, 그곳에는 사키야마의 '시마'와 인간의 '어둠'에 대한 범상치 않은 관심이 표명되어 있다. 그 '어둠'은 어둡게 넘실대는 농밀한 문체로 묘사되며, 그러한 '어둠'을 표출하거나 이화異化시키는 데에 오키나와어가 삽입되는 것이다. 때로는 유희하듯, 때로는 야유하듯, 혹은 날카로운 유머와 위트를 살린 반어적 비평처럼 말이다. 오키나와어의 유격遊擊적 개입으로 인해 이화되고 다원화되는 말의 향연. 두 개의 서로 다른 언어가 침투하고, 충돌하고, 서로를 비추며, 갈등과 상극을 불러일으키는 전쟁터. 바로 그러한 장소인 것이다.

# 우회와 참조의 광원光源

의태어나 의성어를 즐겨 사용하며, 조어나 두 개의 언어를 함께 사용하고, 엇갈리게 이어가는 사키야마 다미의 기법은, 오키나와어가 직면한 임계점과 위기의식을 예리하게 포착한 데에서 비롯되었다. 그 위기의식을 발판 삼아 아직 밝혀지지 않은 표현의 영역에서 유희하면서 '새로움新'과 '믿음信'을 조종하며 다가온다. 다소 돌발적인 발상일지 모르지만 사키야마의 이러한 시도에 조르지 아감벤Giorgio Agamben의 사유를 덧대어 보면 어떨까? 조르지 아감벤은 『이탈리아적 카테고리イタリア的カテゴリー』(みすず書房, 2010)라는 책에서, 살아 있는 언어 / 죽은 언어, 라틴어 / 속어, 국어 / 방언 등 이항대립의 갈등과 대립을 내재한 '언어활동의 경험'을 제시한다. 특히, 언어의 위기를 감지한 시점으로 파고 들어가 『폴리필로의 꿈속 연애투쟁ポリフィロの愛の戦いの夢』[28]

이라는 작품이 지닌 아찔한 이화 효과를 지적한 「언어의 꿈」은 주의를 요한다. 즉, "폴리필로의 언어는, 발에 차이는 돌처럼 라틴어 명사 어휘의 해골骸骨을 질질 끄는 속어俗語적 언술이다. 이 언술은 라틴어를 완전히 녹여 없애버리지 않고 오히려 자신의 태내 문장紋章처럼 끌어안고 간다. 따라서 이렇게도 해석할 수 있을 것

---

28 원저는 『Hypnerotomachia Poliphili』. 1499년 베네치아에서 간행된 프란체스코 코론나의 저서. 고대신화의 모양을 빌린 우의적 이야기.

이다. 한쪽의 언어, 즉 라틴어가, 다른 한쪽의 언어, 즉 속어로 반영되어 나타난다"라고 말이다. 폴리필로 작품의 '지체된 선동遅滞した扇動' 혹은 '헐떡이는 꾸물거림息せききったぐずつき'처럼 언어활동 경험은 "천천히 서두르" 듯 논의된다.

또한 폴리아와 폴리필로의 사랑을 '언어의 자기언급성 형상=표현綾'으로 바꿔 읽으며, "이와 같은 언어, 즉 오래된 폴리아는, 앞서 언급한 것처럼 라틴어도 속어도 아니고 사어死語도 살아있던 언어도 아니며, 이 책이 만약 꿈이라고 한다면 꿈속에서 본 언어이며, 텍스트의 언술이 계속되는 동안에만 존재하는 미지의 새로운 언어의 꿈"이라고 정의한 부분을 주의 깊게 볼 필요가 있다. "결국 2언어주의二言語主義의 문제가 항상 모든 꿈을 함의하는 건 아니라 하더라도, 꿈이란 늘 언어 너머가 아닌 언어 사이에 존재하는 차원"이라는 "2언어주의의 문제"에 대한 언급과 "언어 사이에 존재하는 차원"으로서의 꿈은, 아감벤이 예시로 든 조반니 파스콜리Giovanni Pascoli의 이언異言[29]이라든가 전혀 모르는 언어, 카를로 에밀리오 가다Carlo Emilio Gadda의 의고주의擬古主義나 조어, 언어 본체를 자꾸 침식해오는 방언에 이르기까지, 최근 이탈리아 문학의 언어 표출과 상호 변용의 관계에 있다고 해도 좋을 것이다. 그리고 조반니 파스콜리의 시작詩作에 대해 논한 「파스콜리의 소리와

---

29 신약성서의 「고린도 신도에게 보내는 편지1」의 말, 종교적 황홀상태에서 나오는 이해 불가능한 말.

사고」에서는 통상 언어와 특수 언어를 관련 짓거나, 오노마토페 onomatopee 같은 비문법적이며 전문법적前文法的인 언어 아닌 언어를 고집하거나 하는 점에서 "미지의 언어로 제작하려 하는 야망"을 발견하고 "소리만으로 이루어진 언어의 사고"와 "이언어증異言語症"에 주목했다는 점도 흥미롭다.

이렇게 아감벤이 『이탈리아적 카테고리』에서 본 두 가지 언어의 얽힘으로부터 폴리필로의 작품에서 읽어낸 '지체된 선동' 혹은 '헐떡이는 꾸물거림' 같은 언어활동의 경험, 조반니 파스콜리의 '소리만으로 이루어진 언어의 사고'나 '이언어증'은, 사키야마 다미의 소설을 읽을 때 경험할 수 있는 언어의 흔들림이나 삐걱거림, 지향성과도 관련이 있을 듯하다. 사키야마의 작품에 빈번하게 등장하는 비문법적·전문법적인 의태어나 의성어, 표준일본어를 침식해가는 오키나와어로 인한 언어의 핵반응, 긴장과 완화의 이화효과, 그리고 「'소리의 말'에서 '말의 소리'로」, 「말의 풍경」 등의 에세이를 통해 생생히 살려낸 말의 사상을 상기시킨다. 그리고 무엇보다도 아감벤이 폴리필로의 작품에서 '지체된 선동' 혹은 '헐떡이는 꾸물거림'이라 파악한 언어 경험은, 사키야마의 작품이 주는 현저한 인상과 어긋나면서도 연결되어 있는 듯 보인다. 말이 점차 사라져간다는 사실에 대한 통각과 그로 인해 갈고 닦은 언어 감각이 작품 속에서 공시적으로 살아 숨 쉬는 것이다. 이 '지체된 선동' 혹은 '헐떡이는 꾸물거림'이야말로 「무이아니 유래기」 속의 "표준어가 섞인 시마고토바"와 "섬 사투리가 강한 표준어"가 순환하며 경합하는 문체의 환혹성幻惑性의 근원에 존재하는 것이다.

조금 더 참조해보자면, 역시 아감벤의 『이탈리아적 카테고리』에 수록된 「바스크 소녀의 수수께끼バスクの少女の謎」의 수수께끼 풀이과정이 의외의 힌트를 준다. 아감벤은 단편 『바스크 소녀의 추억バスクの少女の思い出』에 대해 작가인 델피니 스스로가 "누구도 이해할 수 없는 뒤죽박죽"이라 자평하며 "어째서 바스크인인지, 그녀는 누구인지, 어떤 의미인지"라는 질문을 던지는 데에 유의하라는 점에 주목하여, "최후의 봉인封印처럼 이야기 마지막을 '밀폐체密閉体'로 마무리 짓는, 미지의 언어로 지은 시"를 읽어내고 있다. '바스크 소녀'는 소년의 추억 속에서 "감미로운 낯선 언어와 함께 등장하여, 파악하기 힘든 이언異言을 중얼거리며 모습을 감춘다"라는 장면이 등장하는데, 아감벤은 몇 가지 질문을 통해 '바스크 소녀'의 수수께끼를 파헤친다.

바스크 소녀를 특징짓는 언어는 "정신이 의미의 매개 없이 바로 소리와 섞이는 언어"로서의 이언도, "언어의 근원적이자 무매개적인 상태의 암호"도 아니며, 오히려 "어째서 단편은 『바스크 소녀의 추억』이라는 제목일까. 왜 '바스크 소녀'는 단순히 사라져버린 게 아니라 '영원한 실종' 상태인 걸까"라는 질문을 던지고, '바스크 소녀'의 실종이 영원한 것은 "단지 다종다양한 구어체의 바벨적 불일치를 통해서만 그 존재가 드러나기" 때문이며, 따라서 "단편을 마무리 짓는 시는 단순한 이언이 아니라 오히려 시적 경험의 그 근본적인 바이링구얼을 어떠한 형태로든 나타낼 것"이라는 가설이 바스크어 전문가에 의해 실증된 것이라고 말한다. 즉, 이 시는 '이언'이 아니라 바스크어로 지은 시라는 것을 나타내고 있다. 주목하고 싶은 것은, 바스크의 소녀가 실종되어서야 비로소 그 존재가 나타나는 "다종다양한 구어체의 바벨적 불일치"라는 점과, 이야기의 마지막이라는 전략적인 위치에서 '밀폐체'처럼 봉인한 시가, 실제로는 바스크어이기 때문에 경험할 수 있는 "근본적인 바이링구얼"이라는 사실이다.

이 「바스크 소녀의 수수께끼」를 통해 아감벤이 이끌어낸 언어관은, 사키야마 다미의 「무이아니 유래기」에 삽입된 류큐 노래의 리듬을 빌린 시와, 그 시가 개입함으로써 언어의 프리즘이 이야기를 어떻게 굴절시키는지를 의외의 각도에서 발견하게 한다.

## 흐름과 소용돌이

주인공이 집안의 대를 이을 딸의 어머니라는 사실을 인정하게 만든 '증거물' 중 하나로, 노을빛을 한 빛바랜 자비출판의 시집 『석양이 물든 섬 바닷가에서残照のシマの浜辺にて』가 제시되고 있다. 20대 끝자락에 쓴 습작 시들을 묶어낸 것으로 보이는데, 그 가운데 「모래의 노래砂のウタ」라는 제목의 시가 수록되어 있다. 사람의 마음을 적시는 감동이 있다는 류카琉歌의 리듬을 빌려왔다고 한다.

섬을 끌어안은 하얀 백사장이여

여인의 팔 같구나

유라리유라리(흔들흔들), 물결에 흔들려

사사라사사라(졸졸졸), 흘러 흘러가네

파도를 따라 노니는구나

바닷가의 작은 모래들이여

희디희고 쓸쓸하구나

츄이츄이(끼룩끼룩) 우는 물떼새

소리조차 없구나……

　(シマ抱ちゅる白浜や

女腕ぬ如うし

ユラリユラリ, 水ん揺らり

ササラササラ, 流りながり

波連りてぃ遊ぶ

浜ぬ真砂

白さゆ, 寂さゆ

チュイチュイ浜千鳥

声ん無らん……)


　너무나 부끄러워 얼굴을 들 수 없었다고 하는 이 "유치한 시"는, 흔들리며 표류하는 기억의 바다, 저녁놀 속에 떠 있는 섬. 그 바다 위에서 일찍이 내가 보았던 것은, 무엇이었을까"라는 질문에 가탁하여 "물과 희롱하는 모래를 통해 내가 표현하려 했던 것, 그건 섬의 쓸쓸함"이었다는 것을 주인공의 입을 통해 밝히고 있다. 이 시는 '무이아니'의 유래에 대한 또 다른 상상력을 불러일으킨다. 물이 흔들리는 "유라리유라리(흔들흔들)"이라든가 흘러가는 "사사라사사라(졸졸졸)"이라는 의태어나 물떼새가 우짖는 소리인 "츄이츄이(끼룩끼룩)"라는 의성어에서 사키야마 다미가 경도된 "소리만으로 이루어진 언어의 사고"와 "이언어증"을 발견하는 것도 좋지만, 『바스크 소녀의 추억』 마지막에 전략적으로 자리한 바스크어로 지은 시가 "다종다양한 구어체의 바벨적 불일치"와 "근본적인 바이링구얼"의 언어 경험을 가능하게 했던 것처럼, 이야기 속에 무심히 삽입된 「모래의 노래」 역시 "다종다양한 구어체의 바벨적 불일치"까지는 아니더라도 "바이링구얼"적인 언어 체험을 가능하게 한다. 류카의 리듬은 섬에 대한 향수와 섬으로부터의 유리流離를 담아낸다. 섬을 포용하는 여인의 팔에 안긴 백사장은 물결에 흔들리고, 쓸려가는 하얀 모래에 빗대어 섬의 쓸쓸함을 표현한 것에서 '무이아니'의 기원의 소리를 찾을 수 있을 것이다. 또, 석양이 물든 섬의 "쓸쓸함"에서, 칠흑 같은 어둠 속에서 되살아난 "멀고도 아련하게 안타까운 감정"이나 "더없이 사랑스러운 존재"와 공명하는 감정을 읽어낼 수 있을 듯하다. 다만 소설 마지막 부분에서, 찾는 소리 같기도 하고 부르는 소리 같기도 한 '무이아니'가 '출산하는 성'으로서의 여성의 피와 오물에 빗대어 '균열'을 나타냈다고 한다면, 「모래의 노래」에 빗대어 표현한 것은 "섬의 쓸쓸함"이며, 그 "쓸쓸함" 안에 봉합된 상실감이리라. 칠흑 같은 어둠 속을 찾아 헤매는 "멀고도 아련하게 안타까운 감정", "더없이 사랑스러운 존재", 그리고 소설 사이사이에 등장하는 류카의 리듬으로 환기되는 석양이 물든 섬의 "쓸쓸함". '무이아니'란, 바로 언어와 언어 사이에 존재하는 "멀고도 아련하게 안타까운 감정"이나 "더없이 사랑스러운 존재"나 "쓸쓸함"에서만 찾아지는 언령言靈이라는, 오독의 아슬아슬한 경계선에 서기를 마다하지 않는다. 또한 '무이아니'란, '언어의 꿈'이자 '꿈의 언어'이기도 하다.

　사키야마 다미의 소설을 읽음으로써 체험할 수 있는 세계란, 일본어와 우치나구치, "표준어가 섞인 시마고토바"와 "섬 사투리가 강한 표준어" 틈새에서 생겨나는 소용돌이와 유문의 미혹적이라고 할 만한 언어 체험으로 요약할 수 있을 것이다. 음성과 의미 사이의 긴장과 완화를 오가며 언어의 풍경을 쇄신하는, '지체된 선동' 혹은 '헐떡이는 꾸물거림'과도 닮은, 양의적이며 차연화差延化된 언어의 표출이라고도 할 수 있을 것이다. 그리고 그것은 오키나와의 작가로 하여금 시마고토바로 향하게 한, 표준어에 기대어 자기표현을 할 수밖에 없는 "위화감과 굴욕감, 맥 빠짐, 불편함, 공허함"과 결부되어 있다. 사키야마 다미의 소설 세계에서 파악할 수 있는 언어의 파도나 '어둠'에 대한 편애는, 이러한 오키나와의 언어 행위가 내포할 수밖에 없는 양의적이자 차연화된 언어의 영역과 깊은 관련이 있다. 「무이아니 유래기」는 표준어와 오키나와어

의 틈새에서 쓰는 행위가 어떠한 것인지 소설 속에서, 그것도 주도면밀한 젠더의 배치를 통해 엮어내고 있다. 「오키나완 이나군과누파나스オキナワンイナグングァヌ・パナス」에서도 동일한 젠더전략에 따라 말의 풍경을 나타내고 있다. 사키야마의 미혹적이고 교란적인 언어의 경계 횡단은 에세이 「'시마고토바'로 가챠시シマコトバでカチャーシー」에서 보다 잘 실현되고 있다. 이는 이미 '방언에 의한 실험소설'이라는 틀의 한계를 벗어나 언어의 새로운 공간으로 떠나는 여행을 기록하는 것이기도 했다.

## 3. 구무이クムイ와 유아기infantia

사키야마 다미는 시마고토바를 둘러싼 언어 갈등에 대해 부단히 물음을 던져온 작가 중 하나이다. '시마'라는 장소는 무엇보다 사키야마가 태어난 장소이며, 감수성이 짙게 밴 실제 섬이기도 하지만, 대부분은 그 섬에 생활하면서 글쓰기를 통해 발견하는 일종의 환상의 섬이라고 할 수 있다. 실제 섬이 본 모습에서 전위傳位할 경우 섬島은 시마シマ가 된다. 사키야마에게 있어 언어갈등은, "이 섬, 저 섬"으로 이주하면서 익숙해진 시마고토바와 학교라는 제도화된 공간에서 익힌 표준일본어 사이에서 느끼는 위화감에서 비롯되었다.

글쓰기의 의미를 의식하게 되면서, 이 두 가지는 사키야마를 강하게 압박했다. 사키야마에게 있어 시마는, 첫 번째 작품집 『반

복하고 반복하여くりかえしくりがえし』(1994)에 수록된 같은 제목의 글과 「수상왕복水上往還」, 「섬 잠기다シマ籠る」로 결실을 맺는데, 에세이집 『남도소경南島小景』(砂子屋書房, 1994)과 『말이 태어나는 장소コトバの生まれる場所』(砂子屋書房, 2004)에서도 짧지만 말에 대한 언급이 등장한다. 예컨대, 「섬을 쓴다는 것島を書くということ」에서는, 출생과 함께 14년 동안 살았던 이리오모테 섬을 떠난 후, 세 번의 섬이주 체험은 사키야마의 인생의 향방을 결정지을 만큼 중요한 의미를 갖는다. 섬島을 '시마シマ'라고 쓰게 된 경위에 대해서도 언급하고 있다. 즉, 소설을 써보마고 마음먹었을 때 나고 자란 이리오모테 섬의 풍경에 이상하리만큼 압도되어 거기에 자신의 모든 것을 쏟아 붓고자 결심한 일에서부터, 섬을 굳이 '시마'라고 쓴 것은 지금은 떠나버린 섬이 생활의 장場이 아니게 된 것과, 섬을 떠나게 된 것은 어쩔 수 없는 사정이 있었다 하더라도 마음의 부채로 남아 그것이 강박관념이 되어 「수상왕복」이라는 작품을 쓰게 되었다는 것 등을 밝히고 있다. 특히 사키야마의 '시마'를 둘러싼 내적 갈등은 다음과 같은 언급에서 간파할 수 있다. 즉, 실제의 섬 풍경은 나날이 멀어져 가고 "섬을 나의 것으로 실감하는 것이 현 생활에서 불가능하게 된 이상, 나에게 있어 섬은 현실 섬 저 너머에 있는 시마가 아니면 안 되게 되었다", 따라서 "글을 계속해서 써나가는 것을 통해 발견할 수밖에 없다. 쓰기 위한 시마, 나의 섬은 이러한 섬이 되어 버렸다"라고 말한다. 글을 써나가는 것을 통해 발견하는 것, 그렇기 때문에 쓰기 위한 시마, 사키야마의 '시마'는 언표행위

를 통해 비로소 가능해지는 공간인 것이다.

　여기서 분명한 것은, '섬'이 '시마'가 되기까지는 거리가 개입된다는 사실이다. 그 거리는 현실의 거리이기도 하지만 그 이상으로 환상의 거리가 존재한다. 현실의 거리와 환상의 거리는, 쓰는 행위를 매개로 하여 다시 태어난다. '섬'이 '시마'가 되는 데에는 반드시 언표행위가 개입된다는 것이다. '쓰기 위한 시마書くための シマ'에는 명확하게 전도轉倒와 전위轉位가 발생하지만, 그 전도와 전위를 통해 본래의 모습으로 다시 발견된다. 바로 이 때문에 사키야마로 하여금 쓰는 행위의 근원을 탐구하도록 더 한층 채찍질 한다. '섬'이 '시마'가 되는 데에는 무엇보다 섬을 잃는 심적 경험이 주요하다.

　『말이 태어나는 장소』에 수록된 「왜 쓰는가?なぜ書くの?」에서는, 쓴다는 것이 '단념'을 매개로 제기되는 것임을 말하고 있다. 사키야마는 1974년부터 77년에 걸쳐 시마 탐방을 수행한다. 이 시기는, 사키야마가 류큐대학琉球大学에 재학하던 때로, '오키나와 반환沖縄返還' 직후이기도 했다. 이때의 체험이 이후 사키야마의 삶에 깊은 영향을 주게 된다. 거기에 그치는 것이 아니라, 시마우타島唄 라이브 공연을 찾는 등, 사키야마의 삶 자체가 '시마'를 탐색하기 위한 일상이 된다. 사키야마의 프로필을 조금 관심 있게 읽어가다 보면, 시마 탐방을 하던 대학시절 진지하게 류큐무용수라든가 우타사(ウタサー, 시마우타 가수)가 되려는 꿈을 가졌던 것을 알 수 있다. 그러나 프로필 후반부에 이르면, "그 꿈도, 그 꿈을 꾸게 했던

현실의 시마 탐방도 더 이상 불가능하다는 것을 깨닫게 되었을 때, 내게 남은 건 글쓰기뿐이었다"라고 고백한다. 다시 말하면, '단념'이 쓰는 행위를 촉진시킨 것이다.

이처럼 "왜 쓰는가?"라는 물음에 대한 답을 사키야마 자신은, 오키나와 전후사의 전환기가 된 '시정권 반환市政権返還' 직후의 시마 탐방과 이를 통해 느낀 시마의 '상실'과 '단념'에서 찾았던 것이다. 그리고 '시마'와 '말'을 연결하는 데에 「시마 탐방 단장シマ巡り断章」(『南島小景』所收)이 자리한다. '시마'와 '말'을 연결할 때, '말'의 문제에 대한 설명을 덧붙이자면, 두 개 혹은 그 이상의 말이 힘의 개입으로 인해 배제와 동일화가 일어나는데, 이 언어편제로 인해 쓰는 행위가 어떤 영향을 받게 되고, 의식화되는지 문제시하고 있다.

## 침묵의 교환과 '전략'

「시마 탐방 단장」은, 1,000자 정도 되는 짧은 에세이지만, 사키야마 다미라는 작가의 탄생을 알리는 매우 중요한 글이다. 1975년 여름, 하테루마 섬波照間島에 전해지는 '세쓰마쓰리節祭'[30]의 유래를 조사하기 위해 넓은 고택에 사는 노파를 찾았던 체험을 이렇게 기술하고 있다.

---

30 오키나와에서 음력 7~9월에 행해지는 풍작을 기원하는 행사.

(전략) 조용한 존재감을 지닌 노파의 모습이 자신을 둘러싼 현실을 문득 잊게 하는 순간이 있었다. 그 순간을 조금이라도 유지하고 싶다는 원망이 내 안에서 일었다. 갑작스런 외지 방문자에게도 불편한 기색 하나 없이, 그렇다고 넘치는 환대를 하는 것도 아닌, 노파는 열린 문틈 사이로 흘러 들어온 바람을 맞듯, 그런 눈으로 나를 바라보고 있다. 다소 굼뜬 동작으로 툇마루로 내온 차를 들어서 홀짝이며 보낸 그 시간이, 현재의 내 생활과 동떨어진 아주 먼 꿈처럼, 그러나 명료한 윤곽으로 떠올랐을 때, 이제 써도 되겠지요, 할머니, 라며 혼잣말을 하며 스스로에게 용기를 불어넣었다.

'이제 써도 되겠지요, 할머니'라며 혼잣말을 하는 마지막 장면은 이 에세이의 핵심이라고 할 수 있다. 이 한 마디는, 에세이의 시작 부분에서 "나는 무거운 엉덩이를 일으켜, 말의 여행을 떠난다"라며 향한 곳이 어디인지, 또 "말의 여행" 중에 만난 이가 하테루마 섬 노파이며, 이 만남을 계기로 자신을 휩싸고 있던 글쓰기에 대한 "수치와 일종의 혐오감"에서 벗어나게 되었음을 알려준다. 여기에는 섬의 역사를 신체화한 노파와 함께 했던 한 때의, 일체의 행위와 수사修辭를 벗어버리고 함께 한 익명의 시간에 대한 경의를 보내는 동시에, 작가 탄생의 비밀이 담겨져 있다. 침묵을 통해, 노파와 사키야마 사이에 본원적인 무언가가 계승되고 있음을 청량하고 농밀한 분위기 속에서 그려낸다. 이 장면은 절제된 묘사로 이루어져 있지만, 섬들 마다 전해 내려오는 여성이 신녀神女가 되기 위해 성스러운 의식을 수행하는 모습을 상기시킨다. 사키야마는 신녀가 되는 대신 소설가가 되었다. 소설가가 언어의 혼을 전달하는 무녀라고 한다면, 거기에는 침묵을 통해 환희를 나누고 교환하는 어떤 무언가가 자리한다. 그 무언가라는 것은 '시마'에 다름 아니다. 사키야마는 그 '시마'를 쓰고자 결심하고, 글쓰기를 통해 이를 전달하고 계승해 간다.

그런데, 이러한 "머나 먼 꿈"과 같은 시간과, 지워지지 않는 "명료한 윤곽"으로 부상하는 장소, 그리고 '이제 써도 되겠지요, 할머니'라는 침묵의 교환을 이해하기 위한 말을 과연 우리는 갖고 있을까? 이 시공時空을 나는, 조르지 아감벤이 「유아기와 역사」에서 규정한 언어가 그것을 전제하는 장소로서의 "말을 하지 않는 시기" 혹은 "언어활동을 수반하지 않는 상태"라고 할 수 있는, '유아기'에서 찾아보고자 한다. 아직 말을 하지 못하는 상태, 그러나 그것 없이는 언어활동이 성립하지 않는 장소로서의 '유아기'— 우에무라 다다오上村忠男는 『유아기와 역사幼児期と歷史』(岩波書店, 2007)의 해설 「아감벤 해설을 위한 제3의 문」에서, "역사에서 처음 그 공간을 여는 것은 유아기이다. 랑그와 파롤 사이의 차이의 초월론적 경험인 것이다. 그 때문에 바벨, 즉 에덴의 순수 언어로부터 탈출과 유아기의 우물거림의 세계로의 입장은, 역사의 초월론적 기원인 것이다. 때문에 역사는 말하는 존재로서의 인류의 직접적 시간에 기댄 진보가 아니라, 그 본질은 틈새이며, 불연속이며, 에포케epoche인 것이다. 유아기에 그 본원적 조국祖国을 가진 자는, 유아기를 향해 그리고 유아기를 통해, 여행을 계속해 가지 않으면 안 된다"라고 하는 아감벤의 「유아기와 역사」의 마지막 문구를 언급하며, '유아기'를 "인간적인 것과 언어활동 영역 내지는 경계선에 자리하는 초월론적 의미에서의 경험"으로 읽어내고 있다.

　대화의 내용이 분명치 않은, 아니, 대화를 나누었는지 아닌지 조차 알 수 없는, 순전히 노파에 의해 이동해간 익명의, 무상無償의, 그리고 비소유의 시공이야말로 글쓰기의 '시작'을 가능하게 하는 '유아기'이며, 섬의 역사에 각인된 "틈새이며, 불연속성이며, 에포케"이며, 또한 "랑그와 파롤 사이의 차이의 초월론적 경험"이라고 해도 과언이 아니다. '이제 써도 되겠지요, 할머니'라는 계시와 같은 혼잣말은, 사키야마 안에서 오랫동안 침묵했던 "유아기의 우물거림"에서 말로의 여행을 고하는 것이기도 했다. "유아기를 향해, 그리고 유아기를 통한" 글쓰기로의 여행은, 우에무라 다다오가 "인간적인 것과 언어활동 사이의 영역 내지는 경계선에 자리하는 초월론적 의미에서의 경험"이라고 말한 그 '영역'과 '경계선'을 다시 긋고, 재구성하여, 쓰는 행위로 월경해 가는 것에 다름 아니다. 「시마 탐방 단장」에서 또 주목해야 하는 것은, 노파와 꿈같은 시간을 보내기 이전에는 "작품을 쓰는 것에 대한 수치와 일종의 혐오감"과 솔직하게 마주하지 못해 왔고, 그것은 지금도 변함이 없다고 고백하는 부분이다. 이 '수치'와 '혐오감'은 사키야마 특유의 감각에서 기인한 것인데, 이 감각에 그치지 않고 사키야마

의 감각을 통해 생겨나는, 오키나와에서 글을 쓴다는 것의 곤란함
이나 고유한 '정치성'과 관련된다.

에세이 「전달된 소리届けられた声」에서는 그에 대해 보다 확실
하게 표현한다. 이 에세이는 지인에게서 걸려온 한 통의 전화와 관
련된, 쓰는 행위에 대한 진지한 에피소드를 소개한 것이다. 동시대
시인들을 향한 불균형한 감정과 스스로도 빠졌던 "파열되는 듯한
우물거림"에 대해 언급하고 있다.

> 말을 하는 것에서 느끼는 수치감은, 사키시마先島에서 태어
> 나 의무교육의 대부분을 그곳에서 받았던 나의 사투리가, 본
> 섬 중부의 방언 섞인 표준어권과 만나면서 느낀 열등감 같은
> 것이었다. 죄악감이라는 것은, 그럼에도 다른 사람처럼 표준
> 어를 구사하려고 노력하는 것으로 언어표현을 획득해 가지 않
> 으면 안 되었던 것에 대한 떳떳치 못한 마음이 있었던 것 같다.
> 방언과 표준어라는 이중언어 생활을 강제당한 우치난추라면
> 누구나가 안고 있었을 그 언어의 심리적 속박 상태는 지금도
> 나에게서 계속되고 있다.

「시마 탐방 단장」의 마지막 부분에 이르면, 그 이유를 명확히
알지 못했던 "수치" "혐오감"이 표준일본어와 오키나와어의 갈
등을 잉태한 이중언어 생활에서 오는 "속박 상태"라는 것을 분명
히 밝히고 있다. '이제 써도 되겠지요, 할머니'라는 혼잣말은, "속

박 상태"에서 해방되었음을 의미하지만, 그럼에도 언어의 이중생활에서 오는 피할 수 없는 각인, 내지는 그 흔적을 계속해서 지니게 된다. 사키야마에게 있어 그것은 '이상한 일본어를 쓰는 소설가'라는 형태로 발현된다. '이상한 일본어를 쓰는 소설가'라는 것은, '시마'에서 쓰던 말을 떠나 일본어로 글쓰기를 하는 데에서 오는 수치감과 혐오감, 그리고 글쓰기 안의 우물거림과 관련이 있다. 그것은 또 일종의 근원적인 말에 대한 회구를 내포한 것이기도 하다. 달리 말하면, "표준화된 바른 일본어를 능숙하게 구사하는 것에 대한 위화감과 저항을, 시마고토바의 리듬에 기대어 표현하면 어쩌면 이룰 수 있을지 모르는 잃어버린(빼앗겨 버린) 말들과의 대면"이라는 일종의 전략적 인식이기도 하다.

이러한 인식은 『말이 태어나는 장소』의 첫 부분에 해당하는 「전략·자 이제, 전략을 짜 보자たくらみ·いざ, たくらまん」의 문구처럼, '나'를 쓰려고 하면 '오키나와'라는 바다에 빠져버리는데, 그런데 그것은 '나'와 '오키나와' 사이에 있는 틈은 메울 수 없는 파열점이기도 하며, "글쓰기의 '전략'을 가능케 하는 이상의 장場"과도 맞닿아 있음을 알 수 있다. '이상한 일본어를 쓰는' 것의 대극에서는 "잃어버린(빼앗겨 버린) 말들과의 대면"을 희구한 것이다. 그리고 그것은 글쓰기의 출발점이 되었던, 그 하테루마 섬의 노파와 나누었던 침묵에 대한 사키야마의 응답이기도 했다.

# 협간狹間, 불연속, 에포케를 둘러싸고

'유아기의 우물거림' 상태에서 '전략'으로 나아가게 된 사키야마의 '전략'적 방법을 패러디 풍으로 제시한 것이 「'시마고토바'로 가챠시シマコトバでカチャーシー」(『21世紀の文学 2 /「私」の探求』, 岩波書店, 2002)이다. 이 글이 흥미로운 것은, 언어적 전략을 알 수 있는 것도 있지만, 풍자를 포함한 경쾌함에 더하여 진지한 테마를 문체에 잘 담아낸 점에 있다. "시마고토바에 일본어를 섞어 넣는다는 것은 어떤 방법일까"라는, 것은 어떤 방법일까"라고 물음을 던지면서 산신가요三線歌謡에 류카琉歌의 리듬을 얹어 노래한다든가 야마시로 세이츄山城正忠에서 오시로 다쓰히로大城立裕까지 표준일본어에 시마고토바를 얹어 글쓰기 시도를 해온 산문의 역사를 돌아보며, 그 시도가 히가시 미네오東峰夫의 「오키나와 소년オキナワの少年」에서 확실히 하나의 벽을 넘어섰다고 언급하고 있다. "일본어와 오키나와어 사이에서 고민하면서 일본어 소설을 써야 했을 우리 선배들"의 '실험 방언'은 그러나 명확한 방법론을 갖고 시도했다기보다는, 일본어로 쓴 등장인물에게 오키나와어를 말하게 하는 '오키나와어 풍 일본어체'에 머물고 있다. '실험 방언이 있는 어느 풍토기実験方言をもつある風土記'라는 명확한 방법론을 바탕으로 했다는 오시로 다쓰히로의 「거북등 무덤亀甲墓」조차도 오키나와어가 구사되는 장면은 회화체가 중심이며, "자칫 그대로 표준일본어 안으로 회수되어 **안정화되어 버릴 위험**(강조는 원문)을 느꼈다"

라고 말하면서 "의식적인 방언 실험작이라고 하기엔 다소 아쉽다"고 평했다.

　　내가 소설을 쓰기 위한 나의 말을 찾고 있었을 때, 꼭 저항해 보고 싶었던 것은 실은 그런 것이었다. 표준일본어에 회수되어버릴 수밖에 없는 오키나와어의 위치, 라는 것을 무너뜨릴 방법을 생각하는 것에서부터 글쓰기를 해 나가고 싶다는 절실한 바람. 방언을 사족처럼 일본어에 떼어다 붙이는 것으로 뭔가 지방의 정체성을 주장하는 그런 것이 아니라, 이질적인 말과 말의 관계를 이질적인 것 그대로 드러내는 것을 나 나름의 소설과 말로서 어떻게든 상상(창조)할 수 없는지 말이다.

　이질적인 말과 말의 관계를 이질적인 것 그대로를 나타내는 것—이 방법은 오시로 다쓰히로 세대까지 오키나와 근대소설이 시도해 왔던, 그러나 표준일본어에 기댄 보완장치에 머물렀던 단계를 벗어나, 새로운 차원의 방법이 필요함을 요청한 것이라고 하겠다. 이 방법을 실제 작품에 접목시켜 보인 것이 히가시 미네오의 「오키나와 소년」이었다. "다 쓰러져가는 고등학교 문예부에서 무언가를 표현해 보려고 해도 좀처럼 익숙해지지 않는 표준일본어에 한숨을 내쉬며 살아온" 사미야마 다미는 이 히가시 미네오의 시도에서 그야말로 폭탄을 맞은 듯한 충격을 받는다.
　「'시마고토바'로 가챠시」에서 주목해야 할 또 하나의 요소는

「오키나와 소년」과의 만남을 가능케 했던 시마고토바와 표준일본어 사이의 언어갈등과 시마고토바의 기억에 대해 언급한 부분이다. 사키야마는 1954년에 이리오모테 섬에서 태어나 14세까지 그곳에서 생활하고, 그후, 미야코 섬, 오키나와 본섬 중부 기지마을 고자コザ, 이시가키 섬石垣島, 그리고 다시 고자로, 그야말로 "오키나와의 이 섬 저 섬"을 옮겨가며 살아온 경험을 갖고 있다. 그것은 또 의무교육 기간 내내 친숙했던 시마고토바가 언어 감수성에도 영향을 미쳤으며, 무엇보다 순순히 표준일본어에 따르는 것에 거부감을 느끼는 심리적 요소로 작동했다. 그리고 소설을 쓰려고 마음먹기 시작한 사키야마를 자극하여 '이국풍' 색채의 글쓰기로 이끈 것은, 섬에서 일상적으로 사용하던 시마고토바에 대한 기억이었다.

　「오키나와 소년」과의 만남으로 이끌고, 그것을 가능하게 했던 것은 사키야마의 이러한 언어 기억이 있었기 때문이다. 그 언어의 기억은 "내가 시마고토바에 일본어를 섞는다든가 무슨 소린지 모를 말이 뒤섞여 있는 것을 일컬어 히반고고(ヒバンゴーゴ, 혼용표현의 예)되었다고 표현하였는데, 이는 무모한 소설 작법을 발상하게 한 개인적인 체험과 상당 부분 관련이 있다"고 언급하고 있다. "이국풍"의 기억 속 말이 새로운 차원으로 다시 태어나, 표준일본어를 뒤섞어 넣는 것을 방법화한 것이다. 이러한 언어행위는 사키야마가 말할 것도 없이 "유아기를 향해, 그리고 유아기를 통한" 글쓰기의 여행을 살아온 작가이기 때문에 가능했을 터다. 그리고 "유아기 우물거림"에서 「'시마고토바'로 가챠시」와 같은 방법의 작품으로 발전시켜 간 것이, 제2 작품집『무이아니 유래기』에 수록된 같은 제목의 작품과 「오키나완 이나군과누·파나스オキナワンイナグンヴァヌ·パナス」라는 것은 새삼 강조할 필요도 없을 것이다.

## 말더듬과 우물거림의 젠더 편성

「오키나완 이나군과누·파나스」는, 시마와 시마의 어둠을 표현하고, 시마고토바와 표준일본어를 뒤섞어 놓는 기술을 통해 출현한 소설공간이라고 해도 좋다. 이 소설에서 그려지는 시마는 「수상왕복」과 「섬 잠기다」와 달리, 도시 속으로 이동한 환상의 '시마'이며, 어둠이라고 해도 섬의 칠흑 같은 어둠이 아닌, 네온사인이 반짝이는 와중의 '옅은 어둠'이다. 또 하나는, '오키나와 여성 이야기'라는 뜻의 오키나와어 '오키나완 이나군과누·파나스'를 제목으로 삼은 것에서 알 수 있듯, 「무이아니 유래기」에서부터 일관된 것은, 등장인물에서 남성을 지우고, 모두 여성만 등장시키고 있는 점이다. 이것도 사키야마 '전략' 가운데 두드러진 특징이다. 「오키나완 이나군과누·파나스」는 이러한 도시 한가운데에 부상하는 '시마'와 '말コトバ'과 '이나구イナグ, 여성'의 삼각구도의 결계結界를, 아감벤이 말하는 '유아기의 우물거림'으로 그려낸 작품이라고 볼 수 있다.

이 작품은 주인공인 9세 소녀 가나加那를 사이에 두고, 99세의

우토ゥト 할머니와 38세 어머니를 연결하는 젠더 그물망을 통해 이야기가 전개된다. 등교거부를 하는 소녀는 말더듬에 빠져있고, 우토 할머니는 기억에 빠져있고, 어머니는 밤마다 '사랑의 기록'을 써내려가는 사각사각 볼펜 소리에 빠져있다. 이러한 기억과 말더듬, 글쓰기에 빠져있는 것은 젠더의 재배치를 통해 만들어진 해방된 장소가 되기도 한다. 여기서의 '해방된 장소'라는 것은, "그 본질적인 면에서, 틈새이며, 불연속이며, 에포케인 것"이라고 정의한 '유아기의 우물거림'과 연결된 역사로 거슬러 올라간 집단적 연쇄라고 봐도 무방하다. 즉, '틈새' '불연속' '에포케'는 '이나구성'(여−성)에 의해 비로소 '해방된 장소'가 된다고 말할 수 있다. '빠지다'라는 몸짓에는 외부를 차단하고 안에 갇혀 있는 이미지가 강한데, 여기서는 안에 갇혀 있는 것이 오히려 열려 있는 것이 된다. 그것을 보증하는 것은 말할 것도 없이 젠더 편성이다.

참고로, 주인공 소녀 가나의 '말더듬' 현상은 집안에서 어머니와 대화할 때는 나타나지 않으며, 무려 90세나 차이가 나는 우토 할머니와 이야기할 때도 더듬지 않는다. 그러나 주의를 요하는 것은, 가나의 말더듬이 사라지는 것은 젠더 편성의 효과인 동시에, 아감벤이 언급한 언어를 둘러싼 '유아기의 우물거림'과 관련이 있다는 것이다. 사키야마의 '전략'에는 이중의 겹이 존재한다. 가나의 '말더듬'에 대해 설명한 다음 장면을 보자.

특히 말하고 싶은 것이 마음 안에서 용솟음칠수록 혀끝의 긴장이 심해지고 입술도 굳어진다. 아, 아, 하는 발음이 말이 되어 나오지 못하고, 주먹을 쥐고, 얼굴이 시뻘게지는 가나를 향해 킥킥거리며 웃음을 참는다거나 동정의 눈길을 보내는 친구들에게 가나는 좀처럼 적응이 되지 않는다. 국어 읽기 시간이 돌아오면 가나는 울고 싶은 마음을 억누르며, 괜찮아, 천천히 읽으면 돼, 라며 상냥하게 말하면서도 문득 잔혹한 표정을 지어 보이는 교사에게 눈을 흘기는 것이 전부였다.

가나의 '말더듬'은 학교라는 집단 안에서 발화를 강요당할 때 일어난다. "혀끝의 긴장이 심해지고 입술도 굳어"지는 것은 특히 '국어'와 관련된 시간이라는 점에서 주의를 요한다. 이것은 가나의 '말더듬'이 "더듬거리면서도 갑자기 눈사태라도 일어난 듯 쏟아내는 우토 할머니의 시마고토바"를 통해 해소되는 것과 대조적이다. 또한 "할머니와 있을 때는 가나도 하고 싶은 말을 더듬지 않고 꽤 잘한다. 할머니와 가나는 대화가 가능한 사이"임을 역설적으로 상기시킨다. 가나의 '말더듬'은 집단에서 개인 간의 관계로, 또 젠더의 재편성을 통해 해소된다. 그럼에도 오키나와의 시마고토바 안으로 '숨어드는 것'에 대한 이해 없이는 불가능하다.

주인공인 9세 소녀 가나가 처음 우토 할머니를 만나는 장면은 "이런 장난꾸러기 같으니라구, 이 시간에 나무 안에 숨어서 학교

도 농땡이치고(エーひゃあ, 悪童ぁ, 今時分, 木ーぬ中ーん籠り居てぃ, ヤマガッコウなぁ)," 라며 할머니가 시마고토바로 말을 걸어온 것은 매우 의미심장하다. 그곳이 오래된 가주마루 나무라는 것, 그리고 학교를 농땡이치고 가지 않았다는 것은 의미하는 바가 크다. 이어서 같은 시마고토바로 "넌 여자아이가, 이렇게나 높은 나무에 오르다니, 보통 개구쟁이가 아니로구나, 저런저런, 머리도 푸석푸석, 삐쭉삐쭉 자란 것이, 꼭 나무 정령 같구나.(汝や, 女童ングァやあらにっ, 此ん如る高さる木ん登てぃ, 大事なヤマングーやさや, えェー, 髪ん, バァバアーし, キジムナーぬ如どぅやんどー)" 라는 표현에서는 젠더 지형을 가늠할 수 있다. 그 위에 오키나와어에 일본어를 섞은 언어적 실천도 이루어지고 있다. 가나와 할머니의 만남은 가나에게는 시마고토바와의 만남이기도 했던 것이다. 여기서 "머리도 푸석푸석(髪ん, バァバアー)" 이라는 말은, 사키야마 스스로가 밝힌 것처럼 '혼용표현かきまぜ의 예'이다. 이 '혼용표현'을 목소리로 할머니의 말의 힘은 "표준일본어로 회수되는" 위험을 거부하는 것이라고 단언해도 좋다. 오키나와어가 표준일본어로 침입함으로써 창출되는 세계는 독자로 하여금 「무이아니 유래기」에 보이는 '지체된 선동'이나 '헐떡이는 꾸물거림'과 같은 언어체험으로 이끈다. 여기서 가나의 말더듬이 시마고토바로 숨어들고コトバ籠り, 시마고토바와 표준일본어 '혼용'으로 창출된 유문流文, 혹은 '틈새', '불연속', '에포케'에 의해 해제되는 광경을 목격할 수 있다. 그리고 중요한 것은 '가챠시'와 사키야마가 말하는 '혼용표현'은 중화적 이미지

가 감돌지만 결코 그런 것이 아니라, 일본어에 종속된 언어질서를 흔들고, 뒤바꾸고, 묶어두는 것에서 해방되고, 그리고 빼앗긴 말들과 대면하게 하는, 충분히 정치적이고 대화적인 투쟁이라는 것이다.

「시마 탐방 단장」의 침묵의 교환을 통해 시작된 "유아기를 향해, 그리고 유아기를 통한" 말의 여행은 「'시마고토바'로 가챠시」와 같은 시도와 다른 새로운 방법을 창출하였다. 우토 할머니의 목소리를 통해 알게 된 소녀의 '말더듬'과 농땡이치고 학교를 가지 않는 행동은 제도 공간으로서의 학교와 국어와 좋은 대비를 이룬다. 또한, 도시 속의 섬과 같은 우토 할머니의 "새하얀 건물에 산재하는 도심 풍경에서 그곳만 유독 눈에 띄었다. 아니, 눈에 띄었다는 말은 맞지 않다. 할머니의 집은 지리적으로는 움푹 팬 곳에 자리하고 있었기 때문에 실제로는 숨겨진 곳이나 다름없었다."라는 묘사에서 알 수 있듯, 우도시의 풍경에서 돌출된 동시에 움푹 들어간 곳이기도 하다. '숨겨진 곳'이나 '움푹 팬 곳'이나 모두 '구무이 クムイ'를 나타내는 말로, 이중화된 표현이다, 가나가 숨을 수 있는 곳으로는, 도시 속 '시마', 즉 우토 할머니의 '구무이'가 있고, 이외에 또 다른 한곳이 있다.

학원 강사로 일하는 어머니와 단 둘이 사는 가나는 어머니가 일하러 나간 시간엔 늘 혼자였는데, 혼자라는 생각에서 벗어나기 위해 벽장 속에 들어가 숨어버린다. 가나에게 있어 벽장은 홀로 숨어있을 수 있는 장소이자 성역聖域이기도 했다. 어둠의 달콤함에 휩싸여 거기서 가나는 두 가지 세계를 체험한다. 하나는 꿈의 세계이며, 또 하나는 꿈에서 깨어난 후, 숨어있는 벽장 속 어둠속에서 어머니의 행동을 관찰하는 세계이다.

꿈을 꾸는 장면은 이렇다. 즉 벽장 속의 어둠에 빠져 들어간 후, "꿈의 영상이었는지, 아니면 가나의 마음 깊은 곳에 침잠된 기억의 영상인지, 걷잡을 수 없는 생각의 소용돌이가 만들어내는 환상의 파편인지" 알 수 없지만, 해질녘 해변에 떠 있는 배 위에서 여자의 흔들림과 바람소리에 섞여 끊기듯 전해져 오는, "여자의 마음에 잠겨 있는 울부짖음 같은" 노래를 듣는다. "……치이……무우……콰우……시이…타아…누우……유오오……사아아요오오……수우…이이요오오오……우, 게에……다아……루우우……(チぃ……ムゥ……クゥゥ……シィ…タァ…ヌゥ……ユぉぉ……サぁぁヨぉぉ……スゥ…イイヨぉぉぉ……ウ, ゲェ……ダぁ……ルゥゥ……)"와 같이 의미 없는 것들이, 드디어 말의 형태가 되어 "……가나, 씨……가나 씨……, 어떻—(カナ, サン……カナサン……, どー)"라고. 이 끊기듯 전달되어 오는 목소리의 단편은 사키야마가 예전에 시마우타에 빠져 버린 "노래 사이사이에 토해내는 '모음의 숨결'"로 보이며, "시마고토바의 모음의 마찰음"으로도 보인다. 아직 언어를 갖지 못한, 그런데 그것 없이는 언어활동이 성립하지 않는 장소로서의 '유아기의 우물거림'이라고도 할 수 있다. 혹은 사키야마 다미의 '말의 음'과 '음의 말' 사이에 쏟아지는 '기지무나와라바ギジムナーワラバー'인 9세 소녀 가나와 '유우베ユーベー'인

90세 우토 할머니와 '투루바야ト ゥ ル バ ャ ー'인 38세 어머니의 닫힌 말의 세계가 열리게 되는 것은, 도시 속 '시마'인 우토 할머니의 '구무이' 공간에서였다. 그것을 의미심장하게 써내려간 것은 우토 할머니가 갑자기 죽음을 맞게 되면서 차려진 상가에서였다. 불단을 향해 두 손을 모아 투루바야 어머니가 지금까지 가나 앞에서는 한 번도 입에 올리지 않았던 시마고토바로 우간ウガン[31]을 노래하기 시작한 것이다. "……우ー토우토우, 아ー토오토우,[32] 제 생각을 말씀드리오니, 신께서, 우토께서, 부디 들어주시옵기를, 지금껏 우리 아이 가나를 알뜰살뜰 보살펴주셔서 정말 감사합니다. 감사합니다(……うーとぅとぅ, あーとぉとぅ, 我んウムイゆ云んぬきやびら, 神がなしぬ前, ウトがなしぬ前サィ, う聞ちみそーりよー, 今ぬ今までぃ, 我ん産しん子加那ーゆ, ありくりと守てぃくみそーち, いっぺーニフェーデービーたん, タンディがータンディどー)."라고 읊기 시작한 어머니의 우간 소리에 가나는 놀란다. 할머니의 우간고토바 리듬에 비해 어딘지 모르게 서툴고 박자도 엇나갔지만 점점 몰입되어 간다.

갑자기 건너뛰거나 끊기기도 하면서 우간 소리가 마무리되어 갈 즈음, 어머니의 오키나와어 우간은 우토 할머니와 어머니와 가나를 연결해주는 오키나완 이나구의 젠더 실타래처럼, 그 우간을 통해 우토 할머니와 어머니가 매우 가까운 사이라는 것을 알려준

---

31 죽은 자를 추도하는 기도문.
32 신계 기도문을 올리기 전에 상투적으로 읊는 말.

다. 그리고 그와 동시에 홀로 틀어박혀 있던 안쪽 세계가 드디어 모습을 드러낸다. 이때 우토 할머니의 "유우베"(애인) 즉 어머니는 누군가의 애인이던 우토 할머니의 딸이라는 사실이 밝혀진다. 어머니의 오키나와어 우간이 그것을 알려주는 힌트였던 것이다. 그렇기 때문에 토오토우, 토오토우(とぉとぅ, とぉとぅ), 라며 반복하는 소리의 물결에서 벗어날 수 없게 된 어머니의 계속되는 웅얼거림에, 가나는 참지 못하고 꾸벅꾸벅 졸다가 앞으로 고꾸라져 굴러버리게 된다.

그리고 눈을 뜨니, 가나의 귓불을 간지럽히듯, 식탁 앞에 어머니의 등 저편에서 들려오는, 가나에게는 매우 낯익은 쩌렁쩌렁한 소리였다. 그런데 그 '쩌렁쩌렁'한 소리는 지금까지 밤마다 글을 쓰며 보내온 '사랑의 기록'과는 어딘지 모르게 다르다.

앨범 같았다. 희미했지만 아주 오래된 것 같다. 곰팡이 냄새가 날 정도의 앨범이었다. 죽은 할머니의 유품인 걸까, 어머니 자신 것인 걸까. 드디어 눈은 뜨였지만 상황은 늘 혼돈인 채다. 우토 할머니와 어머니가 어디에서 어떻게 연결되는 걸까, 가나는 알 길이 없다. 자신의 손으로 남긴 사랑의 기록 대신 어머니는 무엇을 다시 쓰기 시작한 걸까.

이 마지막 장면에서 어머니는 어김없이 사각사각 소리를 내며 볼펜을 굴린다. 또 무엇을 기록하려는 걸까. 오키나완 이나군과인

가나는 '유아기'의 신체화이며, 잠겨있는 것을 표상한다. 사각사각하는 소리를 듣는 것은 가나이며, 또 사키야마 자신이기도 하다. '유아기를 향해, 그리고 유아기를 통해' 여행하는 작가 사키야마 다미의 '구무이'에는 먼 여름날의 파티로마(パティーローマ, 하테루마 섬)에서 만난 노파와 주고받은 침묵이 살아 숨 쉬고 있다.

## ■ 사카야마 다미

사 키야마 다미(崎山多美, 1954~)는 오키나와 이리오모테 섬西表島에서 태어나 어린시절을 보냈으며, 이후 미야코 섬宮古島에서 생활하다가 현재는 오키나와 본섬 고자 시コザ市에 거주하고 있다. 오키나와는 수많은 이도離島로 이루어져 있고 각 섬마다 특유의 문화와 언어, 생활감각을 지니고 있다. 사키야마 다미의 작가로서의 출발점 역시 섬 출신이라는 정체성과 깊은 관련이 있다. 1979년 데뷔작인 「거리의 날에街の日に」로 신오키나와문학상(가작)을 수상하고, 1988년에는 「수상왕복水上往復」으로 규슈예술제문학상(최우수작)을 수상하였으며, 이 작품은 제104회 아쿠타가와芥川상 후보에 오르기도 했다. 이 외에 『유라티쿠 유리티쿠ゆらてぃくゆりてぃく』(2003), 『달은, 아니다月やあらん』(2012), 『남도소경南島小景』(1996), 『말이 태어나는 장소コトバの生まれる場所』(2004) 등 다수의 소설과 에세이를 남겼으며, 종합잡지 『월경광장越境広場』의 간행위원으로 활발한 활동을 이어가고 있다.

이 작품은 문예지 『스바루すばる』에 발표했던 단편을 모아 「운주가, 나사키ぅんじゅが, ナサキ」라는 제목으로 다른 17명의 작가의 작품들과 함께 『문학2013(文学2013)』(日本文藝家協会編, 2013)에 수록되었던 것을, 2016년에 같은 제목으로 하나쇼인花書院에서 단행본으로 간행한 것이다. 말하자면 초출이 『스바루』인 셈이다. 단행본 말미에 붙은 초출 일람표에 따르면, 「운주가, 나사키」(「すばる」 2012.12「배달물」·「해변에서 지라바를 춤추면」]), 「가주마루 나무 아래에서」(「すばる」2013.10), 「Q마을 전선a」(「すばる」2014.05), 「Q마을 전선b」(「すばる」2014.09), 「Q마을 함락」(「すばる」2015.06), 「벼랑 위에서의 재회」(「すばる」2016. 01) 등으로 2012부터 2016년까지 비교적 최근의 작품을 선정하여 수록했음을 알 수 있다. 『운주가, 나사키』라는 작품 제목은 오키나와 섬말, 즉 시마고토바(シマコトバ)이다. 한국어로 번역하면 『당신의 정』 정도의 의미가 될 것이다. 한국어판에서도 이 오키나와 시마고토바로 된 제목을 그대로 가져오고 싶었으나 한국의 독자들에게는 아무래도 낯설 듯하여, 번역하면서 인상 깊었던, 그리고 독자들이 좀더 기억하기 쉽도록 이 소설두 번째 장 제목인 『해변에서 지라바를 춤추면』으로 바꿔 달았다.

제목 선정만큼이나 어려웠던 소설 내용을 전체적으로 소개하고, 작품 전반에 흐르는 시마고토바가 갖는 의미를 생각해 보는 것으로 작품해설을 갈음하고자 한다.

소설은 총 7개의 에피소드로 이루어져 있으며, 홀로 사는 직장 여성인 '나'에게 의문의 파일이 배달되어 오면서 시작된다. 그 가운데 「기록y」, 「기록z」, 「기록Q」에 관한 의문을 풀어가는 과정이 차례로 그려진다. 우선, 소설의 첫 번째 장 「배달물」에서는, 어른인지 소년인지 판단이 안서는 시퍼렇게 삭발한 빡빡머리 남자로부터 배달된 파일을 받아 든 주인공 '나'가, 집안에 혼자 있을 때면 어김없이 시마고토바로 말을 건네는 (모습은 없고 소리만 있는) 정체 모를 목소리에 떠밀려, 출근도 포기하고 파일에 기록된 '묘지'를 찾아 길을 나서는 장면이 그려진다.

두 번째 장 「해변에서 지라바를 춤추면」에서는, 그렇게 길을 나선 '나'가 방파제를 사이에 두고 겪게 되는 현실과 이계를 넘나드는 기묘한 경험을 묘사하고 있다. 까치발을 하고 방파제 너머를 들여다보니, 그곳에서는 여섯 개의 사람 그림자가 작은 바위 주위에 서 있거나 앉아 있거나, 손발을 올렸다 내렸다 하는 움직임을 반복하고 있다. 머리와 허리를 흔들고, 꼬고, 흔들고, 불규칙한 동작처럼 보이지만 일정한 리듬이 있다. 오키나와에서 집회나 축하연 자리를 마무리할 때 춤추는 '가챠시ヵチャーシー'와 닮은 듯 다른 듯, 굳이 비교하자면 홀라와 트위스트와 탭에 아와오도리를 섞어 놓은 듯한 리드미컬한 동작인데, 예로부터 전해 내려오는 '지라바부두리ジラバブドゥリ'라는 춤이라고 한다. 방파제 너머의 여섯 개의 그림자와 '나'가 춤추는 장면은 그야말로 리듬과 소리의 향연이다. 하에하에하에, 하이하이, 하이하잇, 후쓰후쓰후쓰, 하는 리드미컬한 추임새에 취해있던 '나'는 뒤도 돌아보지 말고 도망치라는 급박한 소리에 떠밀려 얼떨결에 방파제를 넘어 이계에서 다시 현실로 돌아오게 된다. 파일 「기록z」의 내용이다.

세 번째 장 「가주마루 나무 아래에서」는 파일 「기록y」에 해당하는 내용으로, 해변에서 기이한 춤을 추고 현실로 돌아와 대문이 활짝 열린 집에 허락도 없이 들어가 가주마루 나무 아래에 앉아 메모를 하는 장면에서 시작된다. 얼마 안 있어 집주인 듯한 여성이 등장한다. 처음은 나이든 여성이라 생각했는데, 자세히 보니 젊은 여자다. 그것도 아주 젊은. 여자는 '나'를 전화戰禍를 뚫고 살아남은 듯한 유서 깊은 저택으로 인도한다. 그곳에서 여자는 하수구 냄새가 나는 역겨운 물을 대접하며 자신의 이야기를 들려준다. 본명은 '마요真夜'지만, 할아버지만은 '치루チルー'라고 불렀다는 것, 70년 전에 불타서 마을 전체가 폐허가 되었고, 이 집도, 이 집에 살던 사람들도 모두 죽었다는 말을 들려주고는 홀연히 안쪽으로 사라져 버린다. 곧이어 말쑥한 정장 차림의 중년 남자가 나타나더니 '나'를 '치루'라 부르며, "뷰뷰뷰뷰붓. 발이 땅에 닿지 않는" 상태로 바다를 마주 보는 깎아지른 듯한 절벽 앞 널찍한 광장으로 순간 이동시킨다. 이곳에서 '나'는 오키나와전쟁에서 목숨을 잃은 자들과 '목숨의 축하의식'을 거행하게 된다. 이 의식은 '치루'의 아픔을 짊어진 사람들이 입장의 차이를 넘어 마음껏 위로받고 위로해 주기 위함이며, 더 나아가 우리들 한 사람 한 사람이 '치루'라는 사실을 쟈각하고 '치루'와의 '아픔 나누기'를 요청한다. 이 장면은, 소명선의 지적처럼, 히메유리학도대ひめゆり学徒隊를 비롯한 오키나와전쟁에서 수많은 목숨을 잃고 난 후 새겼던 '목숨이야말로 보물命どぅ宝'이라는 교훈, 즉 목숨이 가장 소중하다는 반전평화운동 슬로건을 상기시킨다. 또한, 일본제국을 위해 기꺼이 목숨을 바치는 것이 아니라 소중한 목숨을 지키고자 하는 전후 오카나와인의 의지로도 읽을 수 있을 것이다(「사키야마 다미의 『당신의 정』론ー기억의 계승을 위한 문학적 상상력」, 『동북아문화연구』52, 동북아시아문화학회, 2017, p.304).

네 번째부터 여섯 번째 장에서는, 「Q마을 전선a」, 「Q마을 전선b」, 「Q마을 함락」은, 신원을 알 수 없는 사람에게서 불쑥 전달된 세 번째 파일 「기록Q」에 관한 내용을 다루고 있다. 이 안에 기술되어 있는 Q마을의 Q라는 건, 수수께끼 정도의 의미로 특별한 뜻은 없으며, 〈시대의 격류〉에 휩쓸려 〈갈 곳을 잃은 사람들〉이 〈비밀 계획〉을 실행에 옮기기 위해 〈특별한 훈련〉을 하고 있는 곳이라는 도무지 알 수 없는 정보만 그득하다. 게다가 A4사이즈 용지 30장 정도는 빈 공백의 페이지로 남겨져 있다. '나'는 초등학교 3학년 정도로 보이는 소년을 만나 이 'Q마을'의 의문투성이의 공백에 다가간다. '공안公安'이나 '민병民兵'이나 'GHQ'에게 발각되지 않도록, 몇 년이고 몇 년이고 몰래 판 지하 구덩이, 그리고 그 안

에서 풍겨오는 담배 냄새, 암모니아 방부제 냄새, 그것과 뒤섞인 썩은 고기 냄새, 똥, 오줌에 썩은 진흙 먼지 냄새를 뒤섞은 것 같은, 코를 찌르는 듯한 죽음의 냄새. 오키나와전쟁 당시 적의 공격을 피해 숨어든 가마ガマ 속 상황을 묘사한 것인데, 이러한 절망적 상황은 아직 끝나지 않고 지금도 여전히 계속되고 있음을 작가는 다음과 같이 피력한다. "무덤에 절에 신사에 우타키, 곳에 따라서는 악취를 내뿜는 개천이랑 쓰레기더미, 인파와 차도, 방사성 물질에 오염된 잡동사니에, 펜스로 둘러싸인 사람 죽이는 훈련장……"이라고. 흥미로운 것은, 전쟁의 기억이 응축된 역사의 증인들의 뼈에서 생성된다는 'Qmr세포'의 존재이다. 역사와 시대의 편견에 물들지 않은 온전한 기억의 진실만을 추출한 이 'Qmr세포'를 현재를 살아가는 사람들의 의식에 주입시키겠다는 상상력은, 지난 전쟁을 잊지 않고 기억하고 계승해가리라는 작가 사키야마 자신의 결의를 엿볼 수 있는 대목이다.

또 하나 주목하고 싶은 것은, 작품 속에 깊이 녹아들어 있는 표준일본어에 저항하는 오키나와어를 비롯한 동시대 마이너리티 민족의 언어가 갖는 힘이다. 작가는 표준일본어가 아닌 마이너리티 언어 사용자가 차별에 일상적으로 노출되어 왔음을 표준일본어를 상징하는 '질서정연한 N어의 세계'와 오키나와어를 상징하는 '야비하고 케케묵은 옛 Q마을 말'에 빗대어 폭로한다. 이처럼 질서정연한 표준일본어 사용을 거부하고, 오키나와 시마고토바, 그것도 오키나와 안에서도 통용되기 어려운 이도離島의 시마고토바를 사

용하여 전전-전시-전후를 관통하며 형성되어온 견고한 언어체계에 균열을 낸다. 이 같은 방식은 사키야마 다미 특유의 문학적 색채를 결정짓는 요소라고 할 수 있다. 여기에 고마워コマォー, 괜찮아ケンチャナ, 많이많이マニマニ, 기쁘다キップタ 등의 가타카나로 표기한 한국어까지 틈입하면서 작품 속 언어체계는 더 한층 어지럽게 흩트러진다. 자신이 구사할 수 있는 몇 안 되는 한국어 가운데 특히 좋아하는 단어들이라는 작가의 직접적인 언급도 있었지만, 낯선 시마고토바와 아무런 위화감 없이 작품 속에 자연스럽게 녹아들고 있는 장면은 무슨 말로도 설명이 불가능하다. 실제로 전전-전시에 오키나와에 동원된 일본군 '위안부'나 군부 등 조선인들과 일상에서 마주할 기회가 적지 않았음을 상기할 때, 시마고토바와 조선어, 그리고 표준일본어가 뒤섞이는 상황은 상상하기 어렵지 않을 것이다(최근 간행된 오세종의 『오키나와와 재일의 틈새에서』(손지연 옮김, 소명, 2019)는 이러한 사례를 매우 구체적으로 제시하고 있다). 사키야마의 대표작 가운데 하나인 『달은, 아니다月や, あらん』(なんよう文庫, 2012) 역시 자신의 어머니에게서 들었던 조선인 일본군 '위안부' 이야기를 테마로 하고 있다.

마지막 일곱 번째 장 「벼랑 위에서의 재회」에서는, 묘지를 찾아 길을 떠난 이후 이계와 현실을 넘나들며 만났던 이들과 재회하여 파일 속 의문투성이의 공백이 부분적이긴 하나 해소되는 장면이 펼쳐진다. 아미지마가 보이는 해안에서 '나'에게 '지라바부두리'를 권했던 촌장인 듯한 검게 그을린 섬 청년에서부터, 말라깽이, 꼬마, 뚱뚱보, 키다리 여자들, '나'를 '치루'라고 부르며 '아픔 나누기' 의식에 끌어들인 이들, '마요'라는 이름인데 '치루'라 불리던 다리에 상처를 입었던 여자아이, Q마을 지하 구덩이에서 '나'를 기다리던, 향냄새가 밴 말더듬이 남자에 이르기까지 모두 이계에서 만난 이들이다. 아니, 더 정확히는 오키나와전쟁으로 죽어간, 지금은 Q마을 지하호에 묻혀 있던 유골들이다. 장례식에 감도는 향냄새를 환기시키는 장면은 죽은 자를 기리는 산자의 깊은 마음이자, 이들을 잊지 않고 기록해 가겠다는 작가 자신의 굳은 다짐이기도 하다. 소설의 마지막 장면까지 파일의 공백을 메우기 위해 열심히 메모를 이어가던 '나'의 모습에서 사키야마의 모습을 발견하는 일은 그리 어렵지 않을 것이다.

일반적으로 일본여성문학이라고 할 때, 거의 예외 없이 히구치 이치요樋口一葉에서 시작해 다무라 도시코田村俊子, 하야시 후미코林芙美子 등으로 이어지는 일련의 계보를 따르기 마련이다. 그런데 본 『일본 근현대여성문학선집』은 히구치 이치요에서 시작해 사키야마 다미까지를 다루었다는 데에 커다란 의미가 있다고 하겠다. 여기에는 사키야마 다미가 '오키나와' 출신 '여성' 작가라는 점도 물론 유효하게 작용했다. 기왕의 일본문학(사)이 그러하듯 일본여성문학(사) 역시 철저히 본토 중심으로 이해되어 왔기 때문이다. 그러나 일본에서는 시도된 바 없는, 사키야마 다미 작품이 『일본 근현대여성문학선집』에 반드시 포함되어야 하는 보다 결정적인 이유는, 한국이라는 장소성, 내지는 한국 독자를 상정한 간행이라는 데에서 찾을 수 있다. 이 작품도 그러하지만, 『달은, 아니다』를 비롯한 여타 작품들에서 사키야마 다미는 꾸준히 한국과 오키나와의 관련성을 이야기해 왔고, 여성으로서, 마이너리티로서의 공감을 표해왔다. 이러한 사키야마 식 글쓰기 혹은 사유에 이제 우리가 응답할 차례다.

사키야마 다미의 작품세계는 일본 본토 독자는 물론이고 오키나와 내 독자들에게도 쉽게 다가가기 어렵다. 한국 독자들도 마찬가지겠지만, 그것은 단순히 시마고토바를 해석하고 못하고의 문제만은 아니다. 평론가나 연구자들은 사키야마 다미가 즐겨 사용하는 낯선 시마고토바를 일컬어 '다미 고토바'라고 부르며 그 해독(번역) 불가능성을 이야기해왔다. 이 작품을 번역하는 내내 역자들이 고민했던 지점도 바로 이 번역 불가능한 것을 번역해야 하는 데에 있었다. 어렵다고들 말하면서 사키야마 다미 작품의 매력을 바로 그 부분에서 찾고 있음은 아이러니한 일이다. 사키야마 다미의 시마고토바 '전략'에 한국 독자들도 한 발 가깝게 다가서기를 바라는 마음에서 나카자토 이사오仲里劾의 「여행하는 파나리, 파나스의 꿈—사키야마 다미의 이나구旅するパナリ, パナスの夢—崎山多美のイナグ」(『悲しき亜帯言語帯—沖縄・交差する植民地主義』, 未来社, 2012)를 함께 수록해 둔다.

마지막으로, 이 책이 번역되어 나오기까지 따뜻한 배려와 격려를 아끼지 않으신 사키야마 다미 선생님과 갑작스러운 부탁에도 옥고를 흔쾌히 내주신 나카자토 이사오 선생님, 그리고 시마고토바를 해석하는 데에 큰 도움을 주신 오시로 사다토시大城貞俊 선생님께 깊은 감사의 마음을 전한다. 모쪼록 이 작품을 통해 일본어 성문학뿐만 아니라 동아시아여성문학의 공백이 조금이라도 메워지길 기대한다.


　　　　　　　　　　　　　　　　　2019년 3월
　　　　　　　　　　　　　　　　　역자를 대표하여 손지연

## | 작가 연보 |

사키야마 다미崎山多美

1954년    11월 3일, 오키나와 현沖縄県 이리오모테 섬西表島 출생.
          본명은 다이라 구니코平良邦子.
1968년    14세 무렵 오키나와 본도로 이주.
1977년    류큐대학琉球大学 법문학부法文学部 졸업.
          이후 입시학원豫備校 강사와 작가 생활을 병행.
1979년    11월, 단편「거리의 날에街の日に」로 제5회 신오키나와
          문학상新沖縄文学賞 가작佳作 입선.
1988년    4월,『문학계文學界』에「수상왕복水上往還」발표.
          「수상왕복」으로 제19회 규슈예술제
          문학상九州芸術祭文学賞 수상.
1989년    「수상왕복」으로 제101회 아쿠타가와상芥川賞
          후보에 오름.
1990년    12월,『문학계』에「섬 잠기다シマ籠る」발표.
          「섬 잠기다」로 제104회 아쿠타가와상芥川賞
          후보에 오름.
1994년    5월, 소설『반복하고 반복하여くりかえしがえし』
          砂子屋書房 간행.
1996년    10월, 수필집『남도소경南島小景』砂子屋書房 간행.

1997년    1월,『헤르메스へるめす』에「풍수담風水譚」발표.

1999년    1월, 단행본『무이아니 유래기ムイアニ由来記』

          砂子屋書房 간행.

2003년    2월, 소설『유라티쿠 유리티쿠ゆらてぃくゆりてぃく』

          講談社 간행.

2004년    2월, 수필집『말이 태어나는 장소コトバの生まれる場所』

          砂子屋書房 간행.

2012년    9월,『달은, 아니다月や, あらん』なんよう文庫 간행.

          12월,『스바루すばる』에「운주가, 나사키うんじゅが, ナサキ」발표.

2013년    10월,『스바루』에「가주마루 나무 아래에서 カジマル樹の下に」발표.

2014년    5월,『스바루』에「Q마을 전선a(Qムラ戦線a)」발표.

          9월,『스바루』에「Q마을 전선b(Qムラ戦線b)」발표.

2015년    3월, 잡지『월경광장越境広場』편집을 맡아 지속적인 활동 전개.

          6월,『스바루』에「Q마을 함락(Qムラ陥落)」발표.

2016년    1월,『스바루』에「벼랑 위에서의 재회崖上での再会」발표.

          11월, 단편집『운주가, 나사키うんじゅが, ナサキ』花書院 간행.

2017년    6월, 단편집『구자 환시행クジャ幻視行』花書院 간행.

          『운주가, 나사키』로 제4회 뎃켄 헤테로토피아 문학상鉄犬ヘテロトピア文学賞 수상.

손지연孫知延

　경희대학교 일어일문학과를 졸업 후, 일본에 유학하여 가나자와대학과 나고야대학에서 각각 석사학위와 박사학위를 취득했다. 경희대학교 일본어학과 부교수. 최근에는, 동아시아, 오키나와, 여성, 마이너리티 등의 키워드에 천착한 연구를 진행하고 있다. 주요 저역서에, 『『세이토』라는 장—문학・젠더・〈신여성〉『青鞜』という場—文学・ジェンダー・〈新しい女〉』(森話社, 2002[공저]), 『오키나와문학의 힘』(역락, 2016[공저]), 『전쟁이 만드는 여성상』(소명, 2011), 『일본군 '위안부'가 된 소녀들』(삼천리, 2014), 『오시로 다쓰히로 문학선집』(글누림, 2016), 『기억의 숲』(글누림, 2018), 『오키나와 재일의 틈새에서』(소명, 2019) 등이 있다.

임다함任다함

고려대학교 일어일문학과를 졸업 후 일본 도쿄대에서 석사학위와 박사학위를 취득했다. 고려대 글로벌일본연구원 연구교수. 영화뿐만 아니라 광고, 라디오 드라마, 대중가요 등 일제강점기 한일 대중문화의 교류 및 교섭과정을 살피는 것을 향후 연구과제로 삼고 있다. 주요 논문으로는 「1920년대 말 조선총독부 선전영화의 전략—동시대 일본의 '지역행진곡' 유행과 조선행진곡(1929)」 (『서강인문논총』 제51집, 2018.4), 「미디어 이벤트로서의 신문 연재소설 영화화—『경성일보』 연재소설 「요귀유혈록」의 영화화(1929)를 중심으로」(『일본학보』 제118집, 2019.2) 등을 비롯하여, 공저 『비교문학과 텍스트의 이해』(소명출판, 2016), 편역 『1920년대 재조 일본인 시나리오 선집 1, 2』(역락, 2016), 번역 『여뀌 먹는 벌레蓼喰う虫』(민음사, 근간) 등이 있다.

일본 근현대 여성문학 선집 17

# 사키야마 다미 崎山多美

**초판 1쇄 발행일** 2019년 3월 31일

**지은이** 사키야마 다미
**옮긴이** 손지연·임다함
**펴낸이** 박영희
**편집** 박은지
**디자인** 박희경
**표지디자인** 원채현
**마케팅** 김유미
**인쇄·제본** 태광인쇄
**펴낸곳** 도서출판 어문학사
　　　　서울특별시 도봉구 해등로 357 나너울카운티 1층
　　　　대표전화: 02-998-0094 / 편집부1: 02-998-2267, 편집부2: 02-998-2269
　　　　홈페이지: www.amhbook.com
　　　　트위터: @with_amhbook
　　　　페이스북: https://www.facebook.com/amhbook
　　　　블로그: 네이버 http://blog.naver.com/amhbook
　　　　　　　　다음 http://blog.daum.net/amhbook
　　　　e-mail: am@amhbook.com
　　　　등록: 2004년 7월 26일 제2009-2호

ISBN 978-89-6184-920-3 04830
ISBN 978-89-6184-903-6(세트)
**정가** 16,000원

이 도서의 국립중앙도서관 출판예정도서목록(CIP)은 서지정보유통지원시스템 홈페이지(http://seoji.nl.go.kr)
와 국가자료공동목록시스템(http://www.nl.go.kr/kolisnet)에서 이용하실 수 있습니다.
(CIP제어번호: CIP2019014822)